我用一生和你告别，你用一生和我说路上小心

史铁生 等 著

新世界出版社
NEW WORLD PRESS

图书在版编目（CIP）数据

我用一生和你告别，你用一生和我说路上小心 / 史铁生等著. -- 北京：新世界出版社, 2025. 6. -- ISBN 978-7-5104-8088-1

Ⅰ. I266

中国国家版本馆 CIP 数据核字第 2025J34Y06 号

我用一生和你告别，你用一生和我说路上小心

作　　者：史铁生　等
责任编辑：楼淑敏
责任校对：宣　慧　张杰楠
责任印制：王宝根
出　　版：新世界出版社
网　　址：http://www.nwp.com.cn
社　　址：北京西城区百万庄大街 24 号（100037）
发 行 部：(010)6899 5968（电话）　(010)6899 0635（电话）
总 编 室：(010)6899 5424（电话）　(010)6832 6679（传真）
版 权 部：+8610 6899 6306（电话）　nwpcd@sina.com（电邮）
印　　刷：天津丰富彩艺印刷有限公司
经　　销：新华书店
开　　本：880mm×1230mm　1/32　尺寸：145mm×210mm
字　　数：142 千字　　　　　　　印张：7.5
版　　次：2025 年 6 月第 1 版　　 2025 年 6 月第 1 次印刷
书　　号：ISBN 978-7-5104-8088-1
定　　价：49.00 元

版权所有，侵权必究
凡购本社图书，如有缺页、倒页、脱页等印装错误，可随时退换。
客服电话：(010)6899 8638

编者前言

  亲情，是人类情感世界中最为质朴而深沉的纽带，它贯穿于我们的生命历程，给予我们无尽的温暖与力量。正是基于对这种至纯情感的深刻体悟与珍视，我们策划了这本《我用一生和你告别，你用一生和我说路上小心》名家散文合集，旨在通过文学巨匠们的笔触，勾勒出亲情的细腻轮廓，让读者在阅读中感受那份跨越时空的爱与牵挂。

  在文学的璀璨星河中，徐志摩、朱自清、丰子恺、萧红、史铁生等名家，以其卓越的文学才华和深邃的情感洞察力，为我们留下了诸多关于亲情的经典篇章。徐志摩的《我的祖母之死》表达了他对祖母去世的深切哀思和对生死问题的深刻思考；朱自清的《背影》，作为中国现代散文的经典之作，那父亲攀爬月台买橘子的背影,成为了无数人心中父爱的象征,承载着沉甸甸的爱与责任;丰子恺在《我的母亲》里,用细腻的笔触描绘了母亲的音容笑貌与生活点滴,展现了母亲的温柔与坚韧;萧红的《感情的碎片》,以独特的女性视角,捕捉了亲情中的微妙情感,展现了亲情的复杂与真挚;史铁生的《合欢树》,以合欢树为象征,承载着对母亲的无尽思念与愧疚,那棵树见证了母亲的爱与生命的顽强……

  在这个快节奏的时代,人们常常忙碌于生活的琐事,忽略了与亲人的交流与陪伴。我们希望通过这本合集,唤起读者们内心深处对亲情的重视。让每一位读者在阅读这些名家散文的过程中,能够暂时放下生活的喧嚣与纷扰,回忆起与亲人相处的那些温馨瞬间,体会亲人在自己成长道路上默默付出的爱与心血。也许是一次深夜的守候,也许是一句简单的叮嘱,也许是一顿精心准备的饭菜,这些看似平凡的细节,却蕴含着亲人深沉而伟大的爱。

  同时,我们也希望通过这本合集,向这些文学名家们致敬。他们用自己卓越的才华和深刻的情感,为我们留下了这些不朽的文学作品。在这些作品中,我们看到了他们对生活的热爱、对亲情的珍视,以及对人性的深刻洞察。他们的文字,如同一把把钥匙,让我们得以窥见一个更加广阔而深邃的世界。

  我用一生和你告别,你用一生和我说路上小心,这句充满诗意的话语,道出了亲情的真谛。亲人用一生的时间,默默守护着我们,为我们遮风挡雨;而我们,也在成长的道路上,不断与亲人告别,去追寻自己的梦想与未来。但无论我们走得多远,亲人的爱与牵挂,始终如影随形。这本合集,就是我们对这份永恒亲情的记录与礼赞。本次编者对相关文章的文字做了修订,并按主题对文章归类编排。限于编者水平,难以做到尽善尽美。书中若有不妥之处,恳请读者海涵指正。

目 录

第一章 父母在，人生尚有来处；父母去，人生只剩归途

- 003 合欢树 / 史铁生
- 008 我的母亲 / 老舍
- 016 感情的碎片 / 萧红
- 018 我的母亲 / 邹韬奋
- 025 献给母亲 / 靳以
- 030 守岁烛 / 缪崇群
- 035 旅人的心 / 鲁彦
- 044 我的母亲 / 丰子恺
- 049 猫 / 靳以
- 057 父亲 / 鲁彦

第二章 来日并不方长,一别再无归期

061　奶奶的星星（节选）/ 史铁生

065　一个人在途上 / 郁达夫

074　老海棠树 / 史铁生

079　祖父死了的时候 / 萧红

084　我的祖母之死（节选）/ 徐志摩

097　缀 / 缪崇群

100　回声 / 李广田

107　阿长与《山海经》/ 鲁迅

115　投荒者 / 李广田

第三章 幸好思念无声，否则震耳欲聋

127　忆儿时 / 丰子恺

135　我的母亲 / 胡适

142　万物之母 / 许地山

146　永久的憧憬和追求 / 萧红

148　恐怖 / 石评梅

153　母亲 / 石评梅

166　清明 / 鲁彦

173　母亲的话（节选）/ 田汉

185　离别（节选）/ 郑振铎

191　爆竹声中的除夕 / 石评梅

198　父与羊 / 李广田

202　旧宅 / 穆时英

222　归来 / 石评梅

226　背影 / 朱自清

第一章

父母在，人生尚有来处；
父母去，人生只剩归途

第一章
父母在，人生尚有来处；父母去，人生只剩归途

合欢树 / 史铁生

十岁那年，我在一次作文比赛中得了第一。母亲那时候还年轻，急着跟我说她自己，说她小时候的作文作得还要好，老师甚至不相信那么好的文章会是她写的。"老师找到家来问，是不是家里的大人帮了忙。我那时可能还不到十岁呢。"我听得扫兴，故意笑："可能？什么叫可能还不到？"她就解释。我装作根本不再注意她的话，对着墙打乒乓球，把她气得够呛。不过我承认她聪明，承认她是世界上长得最好看的女的。她正给自己做一条蓝底白花的裙子。

二十岁，我的两条腿残废了。除去给人家画彩蛋，我想我还应该再干点儿别的事，先后改变了几次主意，最后想学写作。母亲那时已不年轻，为了我的腿，她头上开始有了白发。医院已经明确表

示，我的病情目前没办法治。母亲的全副心思却还放在给我治病上，到处找大夫，打听偏方，花很多钱。她倒总能找来些稀奇古怪的药，让我吃，让我喝，或者是洗、敷、熏、灸。"别浪费时间啦！根本没用！"我说。我一心只想着写小说，仿佛那东西能把残疾人救出困境。"再试一回，不试你怎么知道有没有用？"她说，每一回都虔诚地抱着希望。然而对我的腿，有多少回希望就有多少回失望。最后一回，我的胯上被熏成烫伤。医院的大夫说，这实在太悬了，对于瘫痪病人，这差不多是要命的事。我倒没太害怕，心想死了也好，死了倒痛快。母亲惊惶了几个月，昼夜守着我，一换药就说："怎么会烫了呢？我还直留神呀！"幸亏伤口好起来，不然她非疯了不可。

后来她发现我在写小说。她跟我说："那就好好写吧。"我听出来，她对治好我的腿也终于绝望。"我年轻的时候也最喜欢文学。"她说。"跟你现在差不多大的时候，我也想过搞写作。"她说。"你小时候的作文不是得过第一？"她提醒我说。我们俩都尽力把我的腿忘掉。她到处去给我借书，顶着雨或冒了雪推我去看电影，像过去给我找大夫、打听偏方那样，抱了希望。

三十岁时，我的第一篇小说发表了，母亲却已不在人世。过了几年，我的另一篇小说又侥幸获奖，母亲已经离开我整整七年。

第一章
父母在，人生尚有来处；父母去，人生只剩归途

获奖之后，登门采访的记者就多，大家都好心好意，认为我不容易。但是我只准备了一套话，说来说去就觉得心烦。我摇着车躲出去。坐在小公园安静的树林里，我闭上眼睛，想：上帝为什么早早地召母亲回去呢？很久很久，迷迷糊糊地，我听见回答："她心里太苦了。上帝看她受不住了，就召她回去。"我似乎得到一点儿安慰，睁开眼睛，看见风正从树林里穿过。

我摇车离开那儿，在街上瞎逛，不想回家。

母亲去世后，我们搬了家。我很少再到母亲住过的那个小院儿去。小院儿在一个大院儿的尽里头，我偶尔摇车到大院儿去坐坐，但不愿意去那个小院儿，推说手摇车进去不方便。院儿里的老太太们还都把我当儿孙看，尤其想到我又没了母亲，但都不说，光扯些闲话，怪我不常去。我坐在院子当中，喝东家的茶，吃西家的瓜。有一年，人们终于又提到母亲："到小院儿去看看吧，你妈种的那棵合欢树今年开花了！"我心里一阵抖，还是推说手摇车进出太不易。大伙儿就不再说，忙扯些别的，说起我们原来住的房子里现在住了小两口，女的刚生了个儿子，孩子不哭不闹，光是瞪着眼睛看窗户上的树影儿。

我没料到那棵树还活着。那年，母亲到劳动局去给我找工作，回来时在路边挖了一棵刚出土的"含羞草"，以为是含羞草，种在

花盆里长，竟是一棵合欢树。母亲从来喜欢那些东西，但当时心思全在别处。第二年合欢树没有发芽，母亲叹息了一回，还不舍得扔掉，依然让它长在瓦盆里。第三年，合欢树却又长出叶子，而且茂盛了。母亲高兴了很多天，以为那是个好兆头，常去侍弄它，不敢再大意。又过一年，她把合欢树移出盆，栽在窗前的地上，有时念叨，不知道这种树几年才开花。再过一年，我们搬了家。悲痛弄得我们都把那棵小树忘记了。

与其在街上瞎逛，我想，不如就去看看那棵树吧。我也想再看着母亲住过的那间房。我老记着，那儿还有个刚来到世上的孩子，不哭不闹，瞪着眼睛看树影儿。是那棵合欢树的影子吗？小院儿里只有那棵树。

院儿里的老太太们还是那么欢迎我，东屋倒茶，西屋点烟，送到我眼前。大伙都不知道我获奖的事，也许知道，但不觉得那很重要；还是都问我的腿，问我是否有了正式工作。这回，想摇车进小院儿真是不能了。家家门前的小厨房都扩大，过道窄到一个人推自行车进出也要侧身。我问起那棵合欢树。大伙说，年年都开花，长到房高了。这么说，我再看不见它了。我要是求人背我去看，倒也不是不行。我挺后悔前两年没有自己摇车进去看看。

我摇着车在街上慢慢走，不急着回家。人有时候只想独自静静

第一章
父母在，人生尚有来处；父母去，人生只剩归途

地待一会儿。悲伤也成享受。

有一天那个孩子长大了，会想起童年的事，会想起那些晃动的树影儿，会想起他自己的妈妈。他会跑去看看那棵树。但他不会知道那棵树是谁种的，是怎么种的。

我用一生和你告别,
你用一生和我说路上小心

我的母亲 / 老舍

母亲的娘家是北平德胜门外,土城儿外边,通大钟寺的大路上的一个小村里。村里一共有四五家人家,都姓马。大家都种点不十分肥美的地,但是与我同辈的兄弟们,也有当兵的,做木匠的,做泥水匠的,和当巡察的。他们虽然是农家,却养不起牛马,人手不够的时候,妇女便也须下地作活。

对于姥姥家,我只知道上述的一点。外公外婆是什么样子,我就不知道了,因为他们早已去世。至于更远的族系与家史,就更不晓得了;穷人只能顾眼前的衣食,没有工夫谈论什么过去的光荣;"家谱"这字眼,我在幼年就根本没有听说过。

母亲生在农家,所以勤俭诚实,身体也好。这一点事实却极重要,因为假若我没有这样的一位母亲,我以为我恐怕也就要大大地

第一章
父母在，人生尚有来处；父母去，人生只剩归途

打个折扣了。

母亲出嫁大概是很早，因为我的大姐现在已是六十多岁的老太婆，而我的大外甥女还长我一岁啊。我有三个哥哥、四个姐姐，但能长大成人的，只有大姐、二姐、三姐、三哥与我。我是"老"儿子。生我的时候，母亲已有四十一岁，大姐、二姐已都出了阁。

由大姐与二姐所嫁入的家庭来推断，在我生下之前，我的家里，大概还马马虎虎的过得去。那时候定婚讲究门当户对，而大姐丈是做小官的，二姐丈也开过一间酒馆，他们都是相当体面的人。

可是，我，我给家庭带来了不幸：我生下来，母亲晕过去半夜，才睁眼看见她的老儿子——感谢大姐，把我揣在怀中，致未冻死。

一岁半，我把父亲"克"死了。

兄不到十岁，三姐十二三岁，我才一岁半，全仗母亲独力抚养了。父亲的寡姐跟我们一块儿住，她吸鸦片，她喜摸纸牌，她的脾气极坏。为我们的衣食，母亲要给人家洗衣服，缝补或裁缝衣裳。在我的记忆中，她的手终年是鲜红微肿的。白天，她洗衣服，洗一两大绿瓦盆。她做事永远丝毫也不敷衍，就是屠户们送来的黑如铁的布袜，她也给洗得雪白。晚间，她与三姐抱着一盏油

灯，还要缝补衣服，一直到半夜。她终年没有休息，可是在忙碌中，她还把院子屋中收拾得清清爽爽。桌椅都是旧的，柜门的铜活久已残缺不全，可是她的手老使破桌面上没有尘土，残破的铜活发着光。院中，父亲遗留下的几盆石榴与夹竹桃，永远会得到应有的浇灌与爱护，年年夏天开许多花。

哥哥似乎没有同我玩耍过。有时候，他去读书；有时候，他去学徒；有时候，他也去卖花生或樱桃之类的小东西。母亲含着泪把他送走，不到两天，又含着泪接他回来。我不明白这都是什么事，而只觉得与他很生疏。与母亲相依为命的是我与三姐。因此，她们做事，我老在后面跟着。她们浇花，我也张罗着取水；她们扫地，我就撮土……从这里，我学得了爱花，爱清洁，守秩序。这些习惯至今还被我保存着。

有客人来，无论手中怎么窘，母亲也要设法弄一点东西去款待。舅父与表哥们往往是自己掏钱买酒肉食，这使她脸上羞得飞红，可是殷勤地给他们温酒做面，又给她一些喜悦。遇上亲友家中有喜丧事，母亲必把大褂洗得干干净净，亲自去贺吊——份礼也许只是两吊小钱。到如今如我的好客的习性，还未全改，尽管生活是这么清苦，因为自幼儿看惯了的事情是不易改掉的。

姑母常闹脾气。她单在鸡蛋里挑骨头。她是我家中的阎王。直

第一章
父母在,人生尚有来处;父母去,人生只剩归途

到我入了中学,她才死去,我可是没有看见母亲反抗过。"没受过婆婆的气,还不受大姑子的吗?命当如此!"母亲在非解释一下不足以平服别人的时候,才这样说。是的,命当如此。母亲活到老,穷到老,辛苦到老,全是命当如此。她最会吃亏。给亲友邻居帮忙,她总跑在前面:她会给婴儿洗三①——穷朋友们可以因此少花一笔"请姥姥"钱——她会刮痧,她会给孩子们剃头,她会给少妇们绞脸……凡是她能做的,都有求必应。但是吵嘴打架,永远没有她。她宁吃亏,不逗气。当姑母死去的时候,母亲似乎把一世的委屈都哭了出来,一直哭到坟地。不知道哪里来的一位侄子,声称有继承权,母亲便一声不响,教他搬走那些破桌子烂板凳,而且把姑母养的一只肥母鸡也送给他。

可是,母亲并不软弱。父亲死在庚子闹"拳"②的那一年。联军入城,挨家搜索财物鸡鸭,我们被搜两次。母亲拉着哥哥与三姐坐在墙根,等着"鬼子"进门,街门是开着的。"鬼子"进门,一刺刀先把老黄狗刺死,而后入室搜索。他们走后,母亲把破衣箱搬起,才发现了我。假若箱子不空,我早就被压死了。皇上跑了,丈

---

① 生育习俗,在中国传统诞生礼中非常重要的一个仪式。婴儿出生后第三日,要举行沐浴仪式,会集亲友为婴儿祝吉,这就是"洗三"。
② 指义和团运动。

夫死了，"鬼子"来了，满城是血光火焰，可是母亲不怕，她要在刺刀下，饥荒中，保护着儿女。北平有多少变乱啊，有时候兵变了，街市整条地烧起，火团落在我们院中。有时候内战了，城门紧闭，铺店关门，昼夜响着枪炮。这惊恐，这紧张，再加上一家饮食的筹划，儿女安全的顾虑，岂是一个软弱的老寡妇所能受得起的？可是，在这种时候，母亲的心横起来，她不慌不哭，要从无办法中想出办法来。她的泪会往心中落！这点软而硬的个性，也传给了我。我对一切人与事，都取和平的态度，把吃亏看作当然的。但是，在做人上，我有一定的宗旨与基本的法则，什么事都可将就，而不能超过自己划好的界限。我怕见生人，怕办杂事，怕出头露面；但是到了非我去不可的时候，我便不得不去，正像我的母亲。从私塾到小学，到中学，我经历过起码有廿位教师吧，其中有给我很大影响的，也有毫无影响的，但是我的真正的教师，把性格传给我的，是我的母亲。母亲并不识字，她给我的是生命的教育。

当我在小学毕了业的时候，亲友一致地愿意我去学手艺，好帮助母亲。我晓得我应当去找饭吃，以减轻母亲的勤劳困苦。可是，我也愿意升学。我偷偷地考入了师范学校——制服、饭食、书籍、宿处，都由学校供给。只有这样，我才敢对母亲提升学的

第一章
父母在,人生尚有来处;父母去,人生只剩归途

话。入学,要交十元的保证金。这是一笔巨款!母亲作了半个月的难,把这巨款筹到,而后含泪把我送出门去。她不辞劳苦,只要儿子有出息。当我由师范毕业,而被派为小学校校长,母亲与我都一夜不曾合眼。我只说了句:"以后,您可以歇一歇了!"她的回答只有一串串的眼泪。我入学之后,三姐结了婚。母亲对儿女是都一样疼爱的,但是假若她也有点偏爱的话,她应当偏爱三姐,因为自父亲死后,家中一切的事情都是母亲和三姐共同撑持的。三姐是母亲的右手。但是母亲知道这右手必须割去,她不能为自己的便利而耽误了女儿的青春。当花轿来到我们的破门外的时候,母亲的手就和冰一样的凉,脸上没有血色——那是阴历四月,天气很暖。大家都怕她晕过去。可是,她挣扎着,咬着嘴唇,手扶着门框,看花轿徐徐地走去。不久,姑母死了。三姐已出嫁,哥哥不在家,我又住学校,家中只剩母亲自己。她还须自晓至晚地操作,可是终日没人和她说一句话。新年到了,正赶上政府倡用阳历,不许过旧年。除夕,我请了两小时的假,由拥挤不堪的街市回到清炉冷灶的家中。母亲笑了。及至听说我还须回校,她愣住了。半天,她才叹出一口气来。到我该走的时候,她递给我一些花生,"去吧,小子!"街上是那么热闹,我却什么也没看见,泪遮迷了我的眼。今天,泪又遮住了我的眼,又想起当日孤独地过那凄惨的除夕的慈

母。可是慈母不会再候盼着我了,她已入了土!

儿女的生命是不依顺着父母所设下的轨道一直前进的,所以老人总免不了伤心。我廿三岁,母亲要我结了婚,我不要。我请来三姐给我说情,老母含泪点了头。我爱母亲,但是我给了她最大的打击。时代使我成为逆子。廿七岁,我上了英国。为了自己,我给六十多岁的老母以第二次打击。在她七十大寿的那一天,我还远在异域。那天,据姐姐们后来告诉我,老太太只喝了两口酒,很早地便睡下。她想念她的幼子,而不便说出来。

七七抗战后,我由济南逃出来。北平又像庚子那年似的被"鬼子"占据了,可是母亲日夜惦念的幼子却跑西南来。母亲怎样想念我,我可以想象得到,可是我不能回去。每逢接到家信,我总不敢马上拆看,我怕,怕,怕,怕有那不祥的消息。人,即使活到八九十岁,有母亲便可以多少还有点孩子气。失了慈母便像花插在瓶子里,虽然还有色有香,却失去了根。有母亲的人,心里是安定的。我怕,怕,怕家信中带来不好的消息,告诉我已是失了根的花草。

去年一年,我在家信中找不到关于老母的起居情况。我疑虑,害怕。我想象得到,如有不幸,家中念我流亡孤苦,或不忍相告。母亲的生日是在九月,我在八月半写去祝寿的信,算计着会

第一章
父母在，人生尚有来处；父母去，人生只剩归途

在寿日之前到达。信中嘱咐千万把寿日的详情写来，使我不再疑虑。十二月二十六日，由文化劳军的大会上回来，我接到家信。我不敢拆读。就寝前，我拆开信，母亲已去世一年了！

  生命是母亲给我的。我之所以能长大成人，是母亲的血汗灌养的。我之能成为一个不十分坏的人，是母亲感化的。我的性格、习惯，是母亲传给的。她一世未曾享过一天福，临死还吃的是粗粮。唉！还说什么呢？心痛！心痛！

我用一生和你告别，
你用一生和我说路上小心

感情的碎片 / 萧红

近来觉得眼泪常常充满着眼睛，热的，它们常常会使我的眼圈发烧。然而它们一次也没有滚落下来。有时候它们站到了眼毛的尖端，闪耀着玻璃似的液体，每每在镜子里面看到。

一看到这样的眼睛，又好像回到了母亲死的时候。母亲并不十分爱我，但也总算是母亲。她病了三天了，是七月的末梢，许多医生来过了，他们骑着白马，坐着三轮车，但那最高的一个，他用银针在母亲的腿上刺了一下，他说：

"血流则生，不流则亡。"

我确确实实看到那针孔是没有流血，只是母亲的腿上凭空多了一个黑点。医生和别人都退了出去，他们在堂屋里议论着。我背向了母亲，我不再看她腿上的黑点。我站着。

第一章
父母在，人生尚有来处；父母去，人生只剩归途

"母亲就要没有了吗？"我想。

大概就是她极短的清醒的时候：

"……你哭了吗？不怕，妈死不了！"

我垂下头去，扯住了衣襟，母亲也哭了。

而后我站到房后摆着花盆的木架旁边去。我从衣袋取出来母亲买给我的小洋刀。

"小洋刀丢了就从此没有了吧？"于是眼泪又来了。

花盆里的金百合映着我的眼睛，小洋刀的闪光映着我的眼睛。眼泪就再没有流落下来，然而那是热的，是发炎的。但那是孩子的时候。

而今则不应该了。

我用一生和你告别，
你用一生和我说路上小心

我的母亲 / 邹韬奋

　　说起我的母亲，我只知道她是"浙江海宁查氏"，至今不知道她有什么名字！这件小事也可表示今昔时代的不同。现在的女子未出嫁的固然很"勇敢"地公开着她的名字，就是出嫁了的，也一样地公开着她的名字。不久以前，出嫁后的女子还大多数要在自己的姓上面加上丈夫的姓；通常人们的姓名只有三个字，嫁后女子的姓名往往有四个字。在我年幼的时候，知道担任商务印书馆出版的《妇女杂志》笔政的朱胡彬夏，在当时算是有革命性的"前进的"女子了，她反抗了家里替她订的旧式婚姻，以致她的顽固的叔父宣言要用手枪打死她，但是她却仍在"胡"字上面加着一个"朱"字！近来的女子就有很多在嫁后仍只由自己的姓名，不加不减。这意义表示女子渐渐地有着她们自己的独立的地位，不是

第一章
父母在，人生尚有来处；父母去，人生只剩归途

属于任何人所有的了。但是在我的母亲的时代，不但不能学"朱胡彬夏"的用法，简直根本就好像没有名字！我说"好像"，因为那时的女子也未尝没有名字，但在实际上似乎就用不着。像我的母亲，我听见她的娘家的人们叫她做"十六小姐"，男家大家族里的人们叫她做"十四少奶"，后来我的父亲做官，人们便叫她做"太太"，始终没有用她自己名字的机会！我觉得这种情形也可以暗示妇女在封建社会里所处的地位。

我的母亲在我十三岁的时候就去世了。我生的那一年是在九月里生的，她死的那一年是在五月里死的，所以我们母子两人在实际上相聚的时候只有十一年零九个月。我在这篇文里对于母亲的零星追忆，只是这十一年里的前尘影事。

我现在所能记得的最初对于母亲的印象，大约在两三岁的时候。我记得有一天夜里，我独自一人睡在床上，由梦里醒来，蒙眬中睁开眼睛，模糊中看见由垂着的帐门射进来的微微的灯光。在这微微的灯光里瞥见一个青年妇人拉开帐门，微笑着把我抱起来。她嘴里叫我什么，并对我说了什么，现在都记不清了，只记得她把我负在她的背上，跑到一个灯光灿烂人影憧憧往来的大客厅里，走来走去"巡阅"着。大概是元宵吧，这大客厅里除有不少成人谈笑之外，有二三十个孩童提着各色各样的纸灯，里面燃着蜡烛，三五

成群地跑着玩。我此时伏在母亲的背上，半醒半睡似的微张着眼看这个，望那个。那时我的父亲还在和祖父同住，过着"少爷"的生活；父亲有十来个弟兄，有好几个都结了婚，所以这大家族里看着这么多的孩子。母亲也做了这大家族里的一分子。她十五岁就出嫁，十六岁那年养我，这个时候才十七八岁。我由现在追想当时伏在她的背上睡眼惺忪所见着的她的容态，还感觉到她的活泼的欢悦的柔和的青春的美。我生平所见过的女子，我的母亲是最美的一个，就是当时伏在母亲背上的我，也能觉到在那个大客厅里许多妇女里面，没有一个及得到母亲的可爱。我现在想来，大概在我睡在房里的时候，母亲看见许多孩子玩灯热闹，便想起了我，也许蹑手蹑脚到我床前看了好几次，见我醒了，便负我出去一饱眼福。这是我对母亲最初的感觉，虽则在当时的幼稚脑袋里当然不知道什么叫做母爱。

后来祖父年老告退，父亲自己带着家眷在福州做候补官。我当时大概有了五六岁，比我小两岁的二弟已生了。家里除父亲母亲和这个小弟弟外，只有母亲由娘家带来的一个青年女仆，名叫妹仔。"做官"似乎怪好听，但是当时父亲赤手空拳出来做官，家里一贫如洗。我还记得，父亲一天到晚不在家里，大概是到"官场"里"应酬"去了，家里没有米下锅；妹仔替我们到附近施米给穷人的一个大庙里去领"仓米"，要先在庙前人山人海里面拥挤着

第一章
父母在,人生尚有来处;父母去,人生只剩归途

领到竹签,然后拿着竹签再从挤得水泄不通的人群中,带着粗布袋挤到里面去领米。母亲在家里横抱着哭涕着的二弟踱来踱去,我在旁坐在一只小椅上呆呆地望着母亲,当时不知道这就是穷的景象,只诧异着母亲的脸何以那样苍白,她那样静寂无语地好像有着满腔无处诉的心事。妹仔和母亲非常亲热,她们竟好像母女,共患难,直到母亲病得将死的时候,她还是不肯离开她,把孝女自居,寝食俱废地照顾着母亲。

母亲喜欢看小说,那些旧小说,她常常把所看的内容讲给妹仔听。她讲得娓娓动听,妹仔听着忽而笑容满面,忽而愁眉双锁。章回的长篇小说一下讲不完,妹仔就很不耐烦地等着母亲再看下去,看后再讲给她听。往往讲到孤女患难,或义妇含冤的凄惨的情形,她两人便都热泪盈眶,泪珠尽往颊上涌流着。那时的我立在旁边瞧着,莫名其妙,心里不明白她们为什么那样无缘无故地挥泪痛哭一顿,和在上面看到旁的景象一样地不明白其所以然。现在想来,才感觉到母亲的情感的丰富,并觉得她的讲故事能那样地感动着妹仔。如果母亲生在现在,有机会把自己造成一个教员,必可成为一个循循善诱的良帅。

我六岁的时候,由父亲自己为我"发蒙",读的是《三字经》,第一天上的课是"人之初,性本善;性相近,习相远"。

我用一生和你告别，
你用一生和我说路上小心

一点儿莫名其妙！一个人坐在一个小客厅的炕床上"朗诵"了半天，苦不堪言！母亲觉得非请一位"西席"①老夫子，总教不好，所以家里虽一贫如洗，情愿节衣缩食，把省下的钱请一位老夫子。说来可笑，第一个请来的这位老夫子，每月束脩②只需四块大洋（当然供膳宿），虽则这四块大洋，在母亲已是一件很费筹措的事情。我到十岁的时候，读的是"孟子见梁惠王"，教师的每月束脩已加到十二元，算增加了三倍。到年底的时候，父亲要"清算"我平日的功课，在夜里亲自听我背书，很严厉，桌上放着一根两指阔的竹板。我得背向着他立着背书，背不出的时候，他提一个字，就叫我回转身来把手掌展放在桌上，他拿起这根竹板很重地打下来。我吃了这一下苦头，痛是血肉的身体所无法避免的感觉，当然失声地哭了，但是还要忍住哭，回过身去再背。不幸又一处中断，背不下去，经他再提一字，再打一下。呜呜咽咽地背着那位前世冤家的"见梁惠王"的"孟子"！我自己呜咽着背，同时听得见坐在旁边缝纫着的母亲也唏唏嘘嘘地泪如泉涌地哭着。我心里知道她见我被打，她也觉得好像刺心的痛苦，对我表着十二分

---

① 旧时家塾教师或幕友的代称。
② 旧时送给老师的酬金。

第一章
父母在,人生尚有来处;父母去,人生只剩归途

的同情,但她却时时从呜咽着的断断续续的声音里勉强说着"打得好"!她的饮泣吞声,为的是爱她的儿子;勉强硬着头皮说声"打得好",为的是希望她的儿子上进。由现在看来,这样的教育方法真是野蛮之至!但是我不敢怪我的母亲,因为那个时候就只有这样野蛮的教育法;如今想起母亲见我被打,陪着我一同哭,那样的母爱,仍然使我感念着我的慈爱的母亲。背完了半本"梁惠王",右手掌打得发肿有半寸高,偷向灯光中一照,通亮,好像满肚子装着已成熟的丝的蚕身一样。母亲含着泪抱我上床,轻轻把被窝盖上,向我额上吻了几吻。

当我八岁的时候,二弟六岁,还有一个妹妹三岁。三个人的衣服鞋袜,没有一件不是母亲自己做的。她还时常收到一些外面的女红①来做,所以很忙。我在七八岁时,看见母亲那样辛苦,心里已知道感觉不安。记得有一个夏天的深夜,我忽然从睡梦中醒了起来,因为我的床背就紧接着母亲的床背,所以从帐里望得见母亲独自一人在灯下做鞋底,我心里又想起母亲的劳苦,辗转反侧睡不着,很想起来陪陪母亲。但是小孩子深夜不好好地睡,是要受到大人的责备的,就说是要起来陪陪母亲,一定也要被申斥几句,万不

---

① 旧时指女子所做的针线、纺织、刺绣、缝纫等工作。

会被准许的（这至少是当时我的心理），于是想出一个借口来试试看，便叫声母亲，说太热睡不着，要起来坐一会儿。出乎我意料的，母亲居然许我起来坐在她的身边。我眼巴巴地望着她额上的汗珠往下流，手上一针不停地做着布鞋——做给我穿的。这时万籁俱寂，只听到嘀嗒的钟声，和可以微闻得到的母亲的呼吸。我心里暗自想念着，为着我要穿鞋，累母亲深夜工作不休，心上感到说不出的歉疚，又感到坐着陪陪母亲，似乎可以减轻些心里的不安成分。当时一肚子里充满着这些心事，却不敢对母亲说出一句。才坐了一会儿，又被母亲赶上床去睡觉，她说小孩子不好好地睡，起来干什么！现在我的母亲不在了，她始终不知道她这个小儿子心里有过这样的一段不敢说出的心理状态。

母亲死的时候才二十九岁，留下了三男三女。在临终的那一夜，她神志非常清楚，忍泪叫着一个一个子女嘱咐一番。她临去最舍不得的就是她这一群的子女。

我的母亲只是一个平凡的母亲，但是我觉得她的可爱的性格，她的努力的精神，她的能干的才具，都埋没在封建社会的一个家族里，都葬送在没有什么意义的事务上，否则她一定可以成为社会上一个更有贡献的分子。我也觉得，像我的母亲这样被埋没葬送掉的女子不知有多少！

第一章
父母在,人生尚有来处;父母去,人生只剩归途

献给母亲 / 靳以

妈,今天去看过了您,我们一共是五个。除开了远在××的畴和在××的功没有能回来,您的孩子们都去了。丕是才从××赶回来的,其实他在奉天已经知道了您永远离开了我们;可是他在信中说:总不信那是真实的事。这是真的,妈妈,我们到现在也还想着那不是一件真事。我们是被欺骗了——许是被这隐隐的伟大的命运骗过了。这是一个翻天覆地的大骗局,就把您的孩子们都丢到悲哀之中了。我们时常想到您并没有离开我们,我们听到您的声音,我们也看到您的容颜;可是当我们贪婪地张大了眼睛去看望和更沉下心去谛听就什么都没有了,没有一点音响(那也许是沉沉的午夜),留在眼前的是一片黑。对了,妈,是一片黑,没有了妈妈,什么都是黑的。

我用一生和你告别，
你用一生和我说路上小心

一年的卧病，尽给您无限的苦痛了；这样想，您的永息也许不全然是不幸福的。可是我们从来都不曾那样想，我们就忘记了您是病过的。我们只记着您那不断为大灾小病侵扰而还能走出走进的躯体和那清癯的面容，吩咐着这些，关照着那些。您总是为那些细碎的事情操劳，既丢不下又放不下，心里还总是想着每一个孩子。我们只觉得您是生生地被"掠夺去了"——当中存在着遥远的不可能的距离。可是我们叫您，没有回应，我们想再看一下您的脸听一声您的语音都不可能，就陡地忆起，母亲真的是永远离开我们了。

丕是清早到的，午前便同了我们去看您。自从您离开我们，我们都有一点愚昧，我们不忍使您就常眠到坟墓中去，我们使您有一间自己住的房子。当着我们把您的棺木放到那间房里的时候，我们又想到"妈是不是会怕呢"？把您安置在那么一个陌生的地方，我们都放不下心。我们想着一向您是怕黄昏怕黑夜的，而且那个地方离家又是那么远。为了孩子们，生前您不是连一步也不肯离开吗？从前每天是由我们守了您，在病中是更甚。我总记得有一天您在半夜中要我睡到您的身边，第二天您才告诉我梦中一个老妇人拉着您走，您说是哪里也不要去，只要跟孩子睡在一处。可是，您却仍然孤零零地躺在那里，我们没有一个能来陪您。

丕是更伤心哭得站不起身，因为他没有看您最后的一眼。我们

第一章
父母在，人生尚有来处；父母去，人生只剩归途

也都哭，尽情地使泪流出来，再不像和璇姊伴着您病的时节，尽力忍着哀恸，虽然是泪流满了脸，也不使您知道我们在啜泣。您没有想到会永远离开我们；每次看到您忍苦喝下药，我们就更感觉到心的刺痛。可是当着您叫着我们，我们只有抹干了眼睛才急匆匆地来到您的身边，今天我们却使泪尽量地流、大声地哭号，但愿我们的声音能惊动了您，使您再睁开眼看一看您孤单的孩子们。

时时我们俯在棺木上谛听，妄想着或许您能活转来。我们都离不开您！我们要妈妈！我们把一些鲜花洒在您的四周，我们忘记了您是喜欢什么样的花了。因为心中总有着您，就怕想起来您的喜恶。我们也嫉妒那些有生和无生的物件，它们分过您不少的感情。看着您常用的一面镜子，就气恨地想着它是太幸福了，因为在那上面每天总一两次地投映着您的影像。

璇的生活是安适的，泽和她的感情十分好。他们的生活也安排得妥妥当当。年岁顶小的天，个性原是谨慎周密，很知道看管自己。从肺病的侵害中逃出来了的伦身体也渐渐好起来！丕离开了家，一年多的时候，也便他成为安详沉着了。八踏进社会的功，对于做人这一面也有了显著的进步，仍然还保留着他那份热心。畴是勤劳的孩子，他一向住在远处，总能不使人惦记。我呢，自知是不能比得起妈的，从此却要尽自己的一点力来照顾弟弟们，这样您就

可以稍稍放下一点心。

　　我自己原是过得惯这冷清的日子,只是住在这个院落中,在这样的心情下,我不知道是不是还能好好地生活下去。大而寂然的庭院,伴着我们几个没有妈妈的孩子们,看看这里,看看那里都是空。我们怕看一眼您那住室,连一缕微弱的灯光也没有了。惊奇在心中一天不知道要跳起几回,有时就踮起脚走近您的窗前,谛听您是否已经熟睡了(当着您病的时节就每天是这样做的)。从前我是听不到音响就把心安下去,现在却是因为那无边的沉静突然就使我记起来总是离开了我们。我的眼泪急切地流出,又怕为父亲见了伤心,就一个人跑着跳着,东想西想,要使泪不再流下来。多半我只是失败的,我只能去到不为人所见的地方,痛痛快快地哭一场。

　　妈,您告诉我们一声,您什么时候再回来呢?多么长的时日也无妨,我们都能等待的。我们好好地看守您的住室,还有您的什么,到那时候我们都等着您的夸奖说:亏你们,这么多年也没改一点样。不论是多少年后,我们都能像孩子一样地在您面前承欢;虽然那时候我想有的已经成为孩子的父亲。

　　功有电报来了,追悔他的远行。在您病重的时候,在信中他就说到心的不安宁,问询着您的病状。您离开了我们。我们也没有急速通知他,为了他一个人居住在迢迢万里之外。到第四天才由父亲

第一章
父母在,人生尚有来处;父母去,人生只剩归途

给他一封信,我都不敢想象他是如何来展读那封信的。这是多么不可能的事——可是却清楚地横亘在我们的面前。

　　还有什么可说的呢,妈,这都是运命。看到您最后的面相,那么恬静安适,想象着您的心没有什么太大的牵念。能平静地死去自然也是幸福,但是对于您的孩子们,那却是永世不能再补的忧伤。我们想着您,记着您,不会使您家受一点辱没,在我们的心上您将是永生的了。

我用一生和你告别，
你用一生和我说路上小心

守岁烛 / 缪崇群

蔚蓝静穆的空中，高高地飘着一两个稳定不动的风筝，从不知道远近的地方，时时传过几声响亮的爆竹，——在夜晚，它的回音是越发地撩人了。

岁是暮了。

今年侥幸没有他乡作客，也不曾颠沛在那迢遥的异邦，身子就在自己的家里；但这个陋小低晦的四围，没有一点生气，也没有一点温情，只有像垂死般的宁静，冰雪般的寒冷。一种寥寂与没落的悲哀，于是更深地把我笼罩了，我永日沉默在冥想的世界里。

因为想着逃脱这种氛围，有时我便独自到街头徜徉去，可是那些如梭的车马，鱼贯的人群，也同样不能给我一点兴奋或慰藉，他们映在我眼睑的不过是一幅熙熙攘攘的世相，活动的，滑稽的，

第一章
父母在，人生尚有来处；父母去，人生只剩归途

杂乱的写真，看罢了所谓年景归来，心中越是惆怅得没有一点皈依了。

啊！What is a home without mother？①

我又陡然地记忆起这句话了——它是一个歌谱的名字，可惜我不能唱它。

在那五年前的除夕的晚上，母亲还能斗胜了她的疾病，精神很焕发地和我们在一起聚餐，然而我不知怎么那样地不会凑趣，我反郁郁地沉着脸，仿佛感到一种不幸的预兆似的。

"你怎么了？"母亲很担心地问。

"没有怎么，我是好好的。"

我虽然这样回答着，可是那两股辛酸的眼泪，早禁不住就要流出来了。我急忙转过脸，或低下头，为避免母亲的视线。

"少年人总要放快活些，我像你这般大的年纪，还一天玩到晚，什么心思都没有呢。"母亲已经把我看破了。

我没有言语。父亲默默地呷着酒；弟弟尽独自夹他所喜吃的东西。

自己因为早熟一点的缘故，不经意地便养成了一种易感的性

---

① 没有母亲的家是什么？

格。每当人家欢喜的时刻，自己偏偏感到哀愁；每当人家热闹的时刻，自己却又感到一种莫名的孤独。究竟为什么呢？我是回答不出来……

——没有不散的筵席，这句话的黑影，好像正正投满了我的窄隘的心胸。

饭后过了不久，母亲便拿出两个红纸包儿出来，一个给弟弟，一个给我，给弟弟的一个，立刻便被他拿走了，给我的一个，却还在母亲的手里握着。

红纸包里裹着压岁钱，这是我们每年所最盼切而且数目最多的一笔收入，但这次我是没有一点兴致接受它的。

"妈，我不要吧，平时不是一样地要吗？再说我已经渐渐长大了。"

"唉，孩子，在父母面前，八十岁也算不上大的。"

"妈妈自己尽辛苦节俭，哪里有什么富余的呢。"我知道母亲每次都暗暗添些钱给我，所以我更不愿意接受了。

"这是我心愿给你们用的……"母亲还没说完，这时父亲忽然在隔壁带着笑声地嚷了："不要给大的了，他又不是小孩子。"

"别睬他，快拿起来吧。"母亲也抢着说，好像哄着一个婴儿，唯恐他受了惊吓似的……

第一章
父母在，人生尚有来处；父母去，人生只剩归途

佛前的香气，蕴满了全室，烛光是煌煌的。那慈祥，和平，闲静的烟纹，在黄金色的光幅中缭绕着，起伏着，仿佛要把人催得微醉了，定一下神，又似乎自己乍从梦里醒觉过来一样。

母亲回到房里的时候，父亲已经睡了；但她并不立时卧下休息，她竟沉思般地坐在床头，这时我心里真凄凉起来了，于是我也走进了房里。

房里没有灯，靠着南窗底下，烧着一对明晃晃的蜡烛。

"妈今天累了吧？"我想赶去这种沉寂的空气，并且打算伴着母亲谈些家常。我是深深知道我刚才那种态度太不对了。

"不——"她望了我一会又问，"你怎么今天这样不欢喜呢？"

我完全追悔了，所以我也很坦白地回答母亲："我也说不出为什么，逢到年节，心里总感觉着难受似的。"

"年轻的人，不该这样的，又不像我们老了，越过越淡。"

——是的，越过越淡，在我心里，也这样重复地念了一遍。

"房里也点蜡烛做什么？"我走到烛前，剪着烛花问。

"你忘记了吗？这是守岁烛，每年除夕都要点的。"

那一对美丽的蜡烛，它们真好像穿着红袍的新人。上面还题着金字：寿比南山……

"太高了一点吧？"

"你知道守岁守岁，要从今晚一直点到天明呢。最好是一同熄——所谓同始同终——如果有剩下的便留到清明晚间照百虫，这烛是一照影无踪的……"

……

在烛光底下，我们不知坐了多久；我们究竟把我们的残余的，唯有的一岁守住了没有呢，哪怕是蜡烛再高一点，除夕更长一些？

外面的爆竹，还是密一阵疏一阵地响着，只有这一对守岁烛是默默无语，它的火焰在不定地摇曳，泪是不止地垂滴，自始至终，自己燃烧着自己。

明年，母亲便去世了，过了一个阴森森的除夕。

第二年，第三年，我都不在家里……是去年的除夕吧，在父亲的房里，又燃起了"一对"明晃晃的守岁烛。

——母骨寒了没有呢？我只有自己问着自己。

又届除夕了，环顾这陋小，低晦，没有一点生气与温情的四围——比去年更破落了的家庭，唉，我除了凭吊那些黄金的过往以外，哪里还有一点希望与期待呢？

岁虽暮，阳春不久就会到来……

心暮了，生命的火焰，将在长夜里永久逝去了！

第一章

父母在，人生尚有来处；父母去，人生只剩归途

旅人的心 / 鲁彦

或是因为年幼善忘，或是因为不常见面，我最初几年中对父亲的感情怎样，一点也记不起来了。至于父亲那时对我的爱，却从母亲的话里就可知道。母亲近来显然在深深地记念父亲，又加上年纪老了，所以一见到她的小孙儿吃牛奶，就对我说了又说：

"正是这牌子，有一只老鹰！……你从前奶子不够吃，也吃的这牛奶。你父亲真舍得，不晓得给你吃了多少，有一次竟带了一打来，用木箱子装着。那时比现在贵得多了。他的收入又比你现在的少……"

不用说，父亲是从我出世后就深爱着我的。

但是我自己所能记忆的我对于父亲的感情，却是从六七岁起。父亲向来是出远门的。他每年只回家一次，每次约在家里住一个月。时期多在年底年初。每次回来总带了许多东西：肥皂、蜡

烛、洋火、布匹、花生、豆油、粉干……都够一年的吃用。此外还有专门给我的帽子、衣料、玩具、纸笔、书籍……

我平日最喜欢和姊姊吵架，什么事情都不能安静，常常挨了母亲的打，也还不肯屈服。但是父亲一进门，我就完全改变了，安静得仿佛天上的神到了我们家里，我的心里充满了畏惧，但又不像对神似的慑于他的权威，却是在畏惧中间藏着无限的喜悦，而这喜悦中间却又藏着说不出的亲切的。我现在不再叫喊，甚至不大说话了；我不再跳跑，甚至连走路的脚步也十分轻了；什么事情我该做的，用不着母亲说，就自己去做好；什么事情我该对姊姊退让的，也全退让了。我简直换了一个人，连自己也觉得：聪明，诚实，和气，勤力。

父亲从来不对我说半句埋怨话，他有着洪亮而温和的音调。他的态度是庄重的，但脸上没有威严却是和气。他每餐都喝一定分量的酒。他的皮肤的血色本来很好，喝了一点酒，脸上就显出一种可亲的红光。他爱讲故事给我听，尤其是喝酒的时候，常常因此把一顿饭延长了一二个钟点。他所讲的多是他亲身的阅历，没有一个故事里不含着诚实，忠厚，勇敢，耐劳。他学过拳术，偶然也打拳给我看，但他接着就讲打拳的故事给我听：学会了这一套不可露锋芒，只能在万不得已时用来保护自己。父亲虽然不是医生，但因为

第一章
父母在，人生尚有来处；父母去，人生只剩归途

祖父是业医的，遗有许多医书，他一生就专门研究医学。他抄写了许多方子，配了许多药，赠送人家，常常叫我帮他的忙。因此我们的墙上贴满了方子，衣柜里和抽屉里满是大大小小的药瓶。

一年一度，父亲一回来，我仿佛新生了一样，得到了学好的机会：有事可做，也有学问可求。

然而这时间是短促的。将近一个月，他慢慢开始整理他的行装，一样一样地和母亲商议着别后一年内的计划了。

到了远行的那夜一时前，他先起了床，一面打扎着被包箱箧，一面要母亲去预备早饭。二时后，吃过早饭，就有划船老大在墙外叫喊起来，是父亲离家的时候了。

父亲和平日一样，满脸笑容。他确信他这一年的事业将比往年更好。母亲和姊姊虽然眼眶里贮着惜别的眼泪，但为了这是一个吉日，终于勉强地把眼泪忍住了。只有我大声啼哭着，牵着父亲的衣襟，跟到了大门外的埠头上。

父亲把我交给母亲，在灯笼的光中仔细地走下石阶，上了船，船就静静地离开了岸。

"进去吧，很快就回来的，好孩子。"父亲从船里伸出头来，说。

船上的灯笼熄了，白茫茫的水面上只显出一个移动着的黑影。

几分钟后，它迅速地消失在几步外的桥的后面。一阵关闭船篷声，接着便是渐远渐低的咕呀咕呀的桨声。

"进去吧，还在夜里呀。"过了一会，母亲说着，带了我和姊姊转了身。"很快就回来了，不听见吗？留在家里，谁去赚钱呢？"

其实我并没想到把父亲留在家里，我每次是只想跟父亲一道出门的。

父亲离家老是在夜里，又冷又黑。想起来这旅途很觉可怕。那样的夜里，岸上是没有行人也没有声音的，倘使有什么发现，那就十分之九是可怕的鬼怪或恶兽。尤其是在河里，常常起着风，到处都潜着吃人的水鬼。一路所经过的两岸大部分极其荒凉，这里一个坟墓，那里一个棺材，连白天也少有行人。

但父亲却平静地走了，露着微笑。他不畏惧，也不感伤，他常说男子汉要胆大量宽，而男子汉的眼泪和珍珠一样宝贵。

一年一年过去着，我渐渐大了，想和父亲一道出门的念头也跟着深起来，甚至对于夜间的旅行起了好奇和羡慕。到了十四五岁，乡间的生活完全过厌了，倘不是父亲时常寄小说书给我，我说不定会背着母亲私自出门远行的。

十七岁那年的春天，我终于达到了我的志愿。父亲是往江北去，他送我到上海。那时姊姊已出了嫁生了孩子，母亲身边只留着

第一章
父母在，人生尚有来处；父母去，人生只剩归途

一个五岁的妹妹。她这次终于遏抑不住情感，离别前几天就不时流下眼泪来，到的那天夜里她伤心地哭了。

但我没有被她的眼泪所感动。我很久以前听到我可以出远门，就在焦急地等待着那日子。那一夜我几乎没有合眼，心里充满了说不出的快乐。我满脸笑容，跟着父亲在暗淡的灯笼光中走出了大门。我没注意母亲站在岸上对我的叮嘱，一进船舱，就像脱离了火坑一样。

"竟有这样硬心肠，我哭着，他笑着！"

这是母亲后来常提起的话。我当时欢喜什么，我不知道。我只觉得心里十分的轻松，对着未来，有着模糊的憧憬，仿佛一切都将是快乐的，光明的。

"牛上轭了！"

别人常在我出门前就这样地说，像是讥笑我，像是怜悯我。但我不以为意。我觉得那所谓轭是人所应该负担的。我勇敢地挺了一挺胸部，仿佛乐意地用两肩承受了那负担，而且觉得从此才成为一个"人"了。

夜是美的。黑暗与沉寂的美。从篷隙里望出去，看见一幅黑布蒙在天空上，这里那里镶着亮晶晶的珍珠。两岸上缓慢地往后移动的高大的坟墓仿佛是保护我们的炮垒，平躺着的草扎的和砖盖的棺

我用一生和你告别，
你用一生和我说路上小心

木就成了我们的埋伏的卫兵。树枝上的鸟巢里不时发出喊喊的拍翅声和细碎的鸟语，像在庆祝着我们的远行。河面上一片白茫茫的光微微波动着，船像在柔软轻漾的绸子上滑了过去。船头下低低地响着淙淙的波声，接着是咕呀咕呀的前桨声和有节奏的喊嚓喊嚓的后桨拨水声。清冽的水的气息，重浊的泥土的气息和复杂的草木的气息在河面上混合成了一种特殊的亲切的香气。

我们的船弯弯曲曲地前进着，过了一桥又一桥。父亲不时告诉着我，这是什么桥，现在到了什么地方。我静默地坐着，听见前桨暂时停下来，一股寒气和黑影袭进舱里，知道又过了一个桥。

一小时以后，天色渐渐转白了，岸上的景物开始露出明显的轮廓来，船舱里映进了一点亮光，稍稍推开篷，可以望见天边的黑云慢慢地变成了灰白色，浮在薄亮的空中。前面的山峰隐约地走了出来，然后像一层一层地脱下衣衫似的，按次地露出了山腰和山麓。

"东方发白了。"父亲喃喃地念着。

白光像凝定了一会，接着就迅速地揭开了夜幕，到处都明亮起来。现在连岸上的细小的枝叶也清晰了。星光暗淡着，稀疏着，消失着。白云增多了，东边天上的渐渐变成了紫色，红色。天空变成了蓝色。山是青的，这里那里弥漫着乳白色的烟云。

第一章
父母在，人生尚有来处；父母去，人生只剩归途

我们的船驶进了山峡里，两边全是繁密的松柏、竹林和一些不知名的常青树。河水渐渐清浅，两边露出石子滩来，前后左右都驶着从各处来的船只。不久船靠了岸，我们完成了第一段的旅程。

当我踏上埠头的时候，我发现太阳已在我的背后。这约莫二小时的行进，仿佛我已经赶过了太阳，心里暗暗地充满了快乐。

完全是个美丽的早晨。东边山头上的天空全红了，紫红的云像是被小孩用毛笔乱涂出的一样，无意地成了巨大的天使的翅膀。山顶上一团浓云的中间露出了一个血红的可爱的紧合着的嘴唇，像在等待着谁去接吻。西边的最高峰上已经涂上了明耀的光辉。平原上这里那里升腾着白色的炊烟，雾一样。埠头上忙碌着男女旅客，成群地往山坡上走了去。挑夫、轿夫喊着道，追赶着，跟随着，显得格外的紧张。

就在这热闹中，我跟在父亲的后面走上了山坡，第一次远离故乡，跋涉山水，去探问另一个憧憬着的世界，勇往地肩起了"人"所应负的担子。我的血在沸腾着，我的心是平静的，平静中含着欢乐。我坚定地相信我将有一个光明的伟大的未来。

但是暴风雨卷着我的旅程，我愈走愈远离了家乡。没有好的消息给母亲，也没有如母亲所期待的三年后回到家乡。一直过了七八年，我才负着沉重的心，第一次重踏到生长我的土地。那时虽走

着出门时的原来路线,但山的两边的两条长的水路已经改驶了汽船,过岭时换了洋车。叮叮叮叮的铃子和呜呜的汽笛声激动着旅人的心。

到得最近,路线完全改变了。山岭已给铲平,离开我们村庄不远的地方,开了一条极长的汽车路。她把我们旅行的时间从夜里二时出发改做了午后二时。然而旅人的心愈加乱了,没有一刻不是强烈地被震动着。父亲出门时是多么的安静,舒缓,快乐,有希望。他有十年二十年的计划,有安定的终身的职业。而我呢?紊乱,匆忙,忧郁,失望,今天管不着明天,没有一种安定的生活。

实际上,父亲一生是劳碌的,他独自负荷着家庭的重任,远离家乡一直到他七十岁为止。到得将近去世的几年中,他虽然得到了休息,但还依然刻苦地帮着母亲治理杂务。然而,他一生是快乐的。尽管天灾烧去了他亲手支起的小屋,尽管我这个做儿子的时时在毁损着他的遗产,因而他也难免起了一点忧郁,但他的心一直到临死的时候为止仍是十分平静的。他相信着自己,也相信着他的儿子。

我呢?我连自己也不能相信。我的心没有一刻能够平静。

当父亲死后二年,深秋的一个夜里二时,我出发到同一方向的

第一章
父母在，人生尚有来处；父母去，人生只剩归途

山边去，船同样地在柔软轻漾的绸子似的水面滑着，黑色的天空同样地镶着珍珠似的明星，但我的心里却充满了烦恼，忧郁，凄凉，悲哀，和第一次跟着父亲出远门时的我仿佛是两个人了。

原来我这一次是去掘开父亲给自己造成的坟墓，把他永久地安葬的。

我用一生和你告别,
你用一生和我说路上小心

我的母亲 / 丰子恺

中国文化馆要我写一篇《我的母亲》,并寄我母亲的照片一张。照片我有一张四寸的肖像,一向挂在我的书桌的对面。已有放大的挂在堂上,这一张小的不妨送人。但是《我的母亲》一文从何处说起呢?看看母亲的肖像,想起了母亲的坐姿。母亲生前没有摄取坐像的照片,但这姿态清楚地摄入在我脑海中的底片上,不过没有晒出。现在就用笔墨代替显影液和定影液,把我的母亲的坐像晒出来吧:

我的母亲坐在我家老屋的西北角里的八仙椅子上,眼睛里发出严肃的光辉,口角上表出慈爱的笑容。

老屋的西北角里的八仙椅子,是母亲的老位子。从我小时候直到她逝世前数月,母亲空下来总是坐在这把椅子上,这是很不舒服

第一章
父母在，人生尚有来处；父母去，人生只剩归途

的一个座位：我家的老屋是一所三开间的楼厅，右边是我的堂兄家，左边一间是我的堂叔家，中央一间是我家。但是没有板壁隔开，只拿在左右的两排八仙椅子当作三份人家的界线。所以母亲坐的椅子，背后凌空。若是沙发椅子，三面是柔软的厚壁，凌空原无妨碍。但我家的八仙椅子是木造的，坐板和靠背成九十度角，靠背只是疏疏的几根木条，其高只及人的肩膀。母亲坐着没处搁头，很不安稳。母亲又防椅子的脚摆在泥土上要霉烂，用二三寸高的木座子衬在椅子脚下，因此这只八仙椅子特别高，母亲坐上去两脚须得挂空，很不便利。所谓西北角，就是左边最里面的一只椅子。这椅子的里面就是通过退堂的门。退堂里就是灶间。母亲坐在椅子上向里面顾，可以看见灶头。风从里面吹出的时候，烟灰和油气都吹在母亲身上，很不卫生。堂前隔着三四尺阔的一条天井便是墙门。墙外面便是我们的染坊店。母亲坐在椅子里向外面望，可以看见杂沓往来的顾客，听到沸反盈天的市井声，很不清静。但我的母亲一向坐在我家老屋西北角里的这样不安稳，不便利，不卫生，不清静的一只八仙椅子上，眼睛发出严肃的光辉，口角上表出慈爱的笑容。母亲为什么老是坐在这样不舒服的椅子里呢？因为这位子在我家中最为冲要。母亲坐在这位子里可以顾到灶上，又可以顾到店里。母亲为要兼顾内外，便顾不到座位的安稳不安稳，便利不便

利，卫生不卫生和清静不清静了。

我四岁时，父亲中了举人，同年祖母逝世，父亲丁艰在家，郁郁不乐，以诗酒自娱，不管家事，丁艰终而科举废，父亲就从此隐遁。这期间家事店事，内外都归母亲一人兼理。我从书堂出来，照例走向坐在西北角里的椅子上的母亲的身边，向她讨点东西吃吃。母亲口角上表出慈爱的笑容，伸手除下挂在椅子头顶的"饿杀猫篮"①，拿起饼饵给我吃；同时眼睛里发出严肃的光辉，给我几句勉励。

我九岁的时候，父亲遗下了母亲和我们姐弟六人，薄田数亩和染坊店一间而逝世。我家内外一切责任全部归母亲负担。此后她坐在那椅子上的时间愈加多了。工人们常来坐在里面的凳子上，同母亲谈家事；店伙们常来坐在外面的椅子上，同母亲谈店事；父亲的朋友和亲戚邻人常来坐在对面的椅子上，同母亲交涉或应酬。我从学堂里放假回家，又照例走向西北角里的椅子边，同母亲讨个铜板。有时这四班人同时来到，使得母亲招架不住，于是她用了眼睛的严肃的光辉来命令，警戒，或交涉；同时又用了口角上的慈爱

---

① 一种用竹篾编织而成的竹篮，四周镂空、通风且有盖，主要用于防止猫偷吃食物，所以叫"饿杀猫篮"。

第一章
父母在，人生尚有来处；父母去，人生只剩归途

的笑容来劝勉，抚爱，或应酬。当时的我看惯了这种光景，以为母亲是天生成坐在这只椅子上的，而且天生成有四班人向她缠绕不清的。

我十七岁离开母亲，到远方求学。临行的时候，母亲眼睛里发出严肃的光辉，诫告我待人接物求学立身的大道；口角上表出慈爱的笑容，关照我起居饮食一切的细事。她给我准备学费，她给我置备行李，她给我制一罐猪油炒米粉，放在我的网篮里；她给我做一个小线板，上面插两只引线放在我的箱子里，然后送我出门。放假归来的时候，我一进店门，就望见母亲坐在西北角里的八仙椅子上。她欢迎我归家，口角上表出慈爱的笑容，她探问我的学业，眼睛里发出严肃的光辉。晚上她亲自上灶，烧些我所爱吃的菜蔬给我吃，灯下她详询我的学校生活，加以勉励，教训，或责备。

我廿二岁毕业后，赴远方服务，不克依居母亲膝下，唯假期归省。每次归家，依然看见母亲坐在西北角里的椅子上，眼睛里发出严肃的光辉，口角上表现出慈爱的笑容。她像贤主一般招待我，又像良师一般教训我。

我三十岁时，弃职归家，读书著述奉母。母亲还是每天坐在西北角里的八仙椅子上，眼睛里发出严肃的光辉，口角上表出慈爱的笑容。只是她的头发已由灰白渐渐转成银白了。

我用一生和你告别，
你用一生和我说路上小心

　　我三十三岁时，母亲逝世。我家老屋西北角里的八仙椅子上，从此不再有我母亲坐着了。然而我每逢看见这只椅子的时候，脑际一定浮出母亲的坐像——眼睛里发出严肃的光辉，口角上表出慈爱的笑容。她是我的母亲，同时又是我的父亲。她以一身任严父兼慈母之职而训诲我抚养我，我从呱呱坠地的时候直到三十三岁，不，直到现在。

　　陶渊明诗云："昔闻长者言，掩耳每不喜。"我也犯这个毛病，我曾经全部接受了母亲的慈爱，但不会全部接受她的训诲。所以现在我每次想象中瞻望母亲的坐像，对于她口角上的慈爱的笑容觉得十分感谢；对于她眼睛里的严肃的光辉，觉得十分恐惧。这光辉每次给我以深刻的警惕和有力的勉励。

第一章
父母在,人生尚有来处;父母去,人生只剩归途

猫 / 靳以

猫好像在活过来的时日中占了很大的一部,虽然现在一只也不再在我的身边厮扰。

当着我才进了中学,就得着了那第一只。那是从一个友人的家中抱来,很费了一番手才送到家中。它是一只黄色的,像虎一样的斑纹,只是生性却十分驯良。那时候它才生下两个月,也像其他的小猫一样欢喜跳闹,却总是被别的欺负的时候居多。友人送我的时候就这样说:

"你不是欢喜猫么,就抱去这只吧。你看它是多么可怜的样子,怕长不大就会死了。"

我都不能想那时候我是多么高兴,当我坐在车上,装在布袋中的它就放在我的腿上。呵,它是一个活着的小动物,时时会在我的

腿上蠕动的。我轻轻地拍着它，它不叫也不闹，只静静地卧在那里，像一个十分懂事的东西。我还记得那是夏天，它的皮毛使我在冒着汗，我也忍耐着。到了家，我放它出来。新的天地吓得它更不敢动，它躲在墙角或是椅后那边哀哀地鸣叫。它不吃食物也不饮水，为了那份样子，几乎我又送它回去。可是过了两天或是三天，一切就都很好了。家中人都喜欢它，除开一个残忍成性的婆子。我的姊姊更爱它，每餐都是由她来照顾。

到了长成的时节，它就成为更沉默更温和的了。它从来也不曾抓伤过人，也不到厨房里偷一片鱼。它欢喜蹲在窗台上，眯着眼睛，像哲学家一样地沉思着。那时候阳光正照了它，它还要安详地用前爪在脸上抹一次又一次的。家中人会说：

"链哥儿抱来的猫，也是那样老实呵！"

到后它的子孙们却是有各样的性格。一大半送了亲友，留在家中的也看得出贤与不肖。有的竟和母亲争斗，正像一个浪子或是泼女。

它自己活得很长远，几次以为是不能再活下去了，它还能勉强地活过来，终于一只耳朵不知道为什么枯萎下去。它的脚步更迟钝了，有时鸣叫的声音都微弱得不可闻了。

它活了十几年，当着祖母故去的时候，已经入殓，还停在家

第一章
父母在，人生尚有来处；父母去，人生只剩归途

中；它就躺在棺木的下面死去。想着是在夜间死去的，因为早晨发觉的时候它已经僵硬了。

住到×城的时节，我和友人B君共住了一个院子。那个城是古老而沉静的，到处都是树，清寂幽闭。因为是两个单身男子，我们的住处也正像那个城。秋天是如此，春天也是如此。墙壁粉了灰色，每到了下午便显得十分黯淡。可是不知道从哪里却跳来了一只猫，它是在我们一天晚间回来的时候发现的。我们开了灯，它正端坐在沙发的上面，看到光亮和人，一下就不知道溜到哪里去了。

我们同时都为它那美丽的毛色打动了，它的身上有着各样的颜色，它的身上包满了茸茸的长绒。我们找寻着，在书架的下面找到了。它用惊疑的眼睛望着我们，我们即刻吩咐仆人，为它弄好了肝和饭，我们故意不去看它，它就悄悄地就食去了。

从此在我们的家中，它也算是一个。

养了两个多月，在一天的清早，不知逃到哪里去了。它仍是从风门的窗格里钻出去（因为它，我们一直没有完整的纸糊在上面），到午饭时不见回来。我们想着下半天，想着晚饭的时候，可是它一直就不曾回来。

那时候，虽然少了一只小小的猫，住的地方就显得阔大寂寥起来了。当着它在我们这里的时候，那些冷清的角落，都为它跑着跳

着填满了；为我们遗忘了的纸物，都由它有趣地抓了出来。一时它会跑上座灯的架上，一时它又跳上了书橱。可是它把花盆架上的一盆迎春拉到地上，碎了花盆的事也有过。记得自己真就以为它是一个有性灵的生物，申斥它，轻轻地打着它；它也就畏缩地躲在一旁，像是充分地明白了自己的过错似的。

平时最使它感觉到兴趣的事，怕就是钻进抽屉中的小睡。只要是拉开了，它就安详地走进去，于是就故意又为它关上了。过些时再拉开来，它也许还未曾醒呢！有的时候是醒了，静静地卧着，看到了外面的天地，就站起来，拱着背缓缓地伸着懒腰。它会跳上了桌子，如果是晚间，它就分去了桌灯给我的光，往返地踱着，它的影子晃来晃去的，却充满了我那狭小的天地，使我也有着热闹的感觉。突然它会为一件小小的物件吸引住了，以前爪轻轻地拨着，惊奇地注视着被转动的物件，就退回了身子，伏在那里，还是一小步一小步地退缩着——终于是猛地向前一蹿，那物件落在地上，它也随着跳下去。

我们有时候也用绒绳来逗引，看着它轻巧而窈窕地跳着。时常想到的就是"摘花赌身轻"的句子。

它的逃失呢，好像是早就想到了的。不是因为从窗里望着外面，看到其他的猫从墙头跳上跳下，它就起始也跑到外面去么？原

第一章
父母在，人生尚有来处；父母去，人生只剩归途

是不知何所来，就该是不知何所去。只是顿然少去了那么一只跑着跳着的生物，所住的地方就感到更大的空洞了。想着这样的情绪也许并不是持久的，过些天或者就可以忘怀了。只是当着春天的风吹着门窗的纸，就自然地把眼睛望着它日常出入的那个窗格，还以为它又从外面钻了回来。

"走了也好，终不过是不足恃的小人呵！"

这样地想了，我们的心就像是十分安然而愉快了。

过了四个月，B君走了，那个家就留给我一个人。如果一直是冷清下来，对于那样的日子我也许能习惯了；却是日愈空寂的房子，无法使我安心地守下去。但是我也只有忍耐之一途。既不能在众人的处所中感到兴趣，除开面壁枯坐还有其他的方法么？

一天，偶然地在市集中售卖猫狗的那一部，遇到一个老妇人，和一个四五岁的女孩。她问我要不要买一只猫。我就停下来，预备看一下再说。她放下在手中的竹篮，解开盖在上面的一张布，就看到一只生了黄黑斑的白猫，正自躺在那里。在它的身下看到了两只才生下不久的小猫。只是黑的，毛的尖梢却是雪白，那一只是白的，头部生了灰灰的斑。她和我说因为要离开这里，就不得不卖了。她和我要了极合理的价钱，我答应了，付过钱，就径自去买一个竹筐来。当着我把猫放到我的筐子里，那个孩子就大声哭起

来。她舍不得她的宝贝。她丢下老妇人塞到她手中的钱。那个老妇人虽是爱着孩子，却好像钱对她真有一点用，就一面哄着一面催促着我快些离开。

叫了一辆车，放上竹筐，我就回去了。留在后面的是那个孩子的哭声。

诚然如那个老妇人所说，它们是到了天堂。最初几天那两只小猫还没有张开眼，从早到晚只是咪咪地叫着。我用烂饭和牛乳喂它们，到张开了眼的时候，我才又看到那个长了灰色斑的两个眼睛是不同的：一个是黄色，一个是蓝色。

大小三只猫，也尽够我自己忙的了（不止我自己，还有那个仆人）。大的一只时常要跑出去，小的就不断地叫着。它们时常在我的脚边缠绕，一不小心就被踏上一脚或是踢翻个身。它们横着身子跑，因为把米粒黏到脚上，跑着的时候就答答地响着，像生了铁蹄。它们欢喜坐在门限上望着外面，见到后院的那条狗走过，它们就咈咈地叫着，毛都竖起来，急速地跳进房里。

为了它们，每次晚间回来都不敢提起脚步来走，只是溜着，开了灯，就看到它们偎依着在椅上酣睡。

渐渐地它们能爬到我的身上来了，还爬到我的肩头，它们就像到了险境，鸣叫着，一直要我用手把它们再捧下来。

第一章
父母在,人生尚有来处;父母去,人生只剩归途

那两只猫仔,引起了许多友人的怜爱,一个过路友人离开了这个城还在信中殷殷地问到。她说过要有那么一天,把这两只猫拿走的。但是为了病着的母亲的寂寥,我就把它们带到了××。

我先把它们的母亲送给了别人,我忘记了它们离开母亲会成为多么可怜的小动物。它们叫着。不给一刻的宁静,就是食物也不大能引着它们安下去。它们东找找西找找,然后就失望地朝了我。好像告诉我它们是失去了母亲,也要我告诉它们:母亲到了哪里?两天都是这样,我都想再把那只大猫要回来了。后来友人告诉我说是那个母亲也叫了几天,终于上了房,不知到哪里去了。

因为要搭乘火车的,我就在行前的一日把它们装到竹篮里。它们就叫,吵得我一夜也不能睡,我想着这将是一桩麻烦的事,依照路章是不能携带猫或狗的。

早晨,我放出它们喂,吃得饱饱的(那时候它们已经消灭了失去母亲的悲哀),又装进竹篮里。它们就不再叫了。一直由我把它们安然地带回我的母亲的身边。

母亲的病在那时已经是很重了,可是她还是勉强地和我说笑。她爱那两只猫,它们也是立刻跳到她的身前。我十分怕看和母亲相见相别时的泪眼,这一次有这两个小东西岔开了母亲的伤心。

不久,它们就成为一种累赘了。当着母亲安睡的时候,它们也

许咪咪地叫起来。当着母亲为病痛所苦的时候，它们也许要爬到她的身上。在这情形之下，我只能把它们交付了仆人，由仆人带到他自己的房中去豢养。

母亲的病使我忘记了一切的事，母亲故去了许久我才问着仆人那两只猫是否还活下来。

仆人告诉我它们还活着的，因为一时的疏忽，它们的后腿冻跛了。可是渐渐地好起来，也长大了，只是不大像从前那样洁净。

我只是应着，并没有要他把它们拿给我，因为被母亲生前所钟爱，它们已经成为我自己悲哀的种子了。

第一章
父母在,人生尚有来处;父母去,人生只剩归途

父亲 / 鲁彦

"父亲已经上了六十岁了,还想做一点事业,积一点钱,给我造起屋子来。"一个朋友从北方来,告诉了我这样的话。

他的话使我想起了我的父亲。我的父亲正是和他的父亲完全一样的。

我的父亲曾经为我苦了一生,把我养大,送我进学校,为我造了屋子,买了几亩田地。六十岁那一年,还到汉口去做生意,怕人家嫌他年老,只说五十几岁。大家都劝他不要再出门,他偏背着包裹走了。

"让我再帮儿子几年!"他只是这样说。

后来屋子被火烧掉了,他还想再做生意,把屋子重造起来。我安慰他说,三年以后我自己就可积起钱造屋了,还是等一等吧。他

答应了。他给我留下了许多造屋的材料，告诉我这样可以做什么那样可以做什么。他死的以前不久，还对我说："早一点造起来吧，我可以给你监工。"

但是他终于没有看见屋子重造起来就死了。他弥留的时候对我说，一切都满足了。但是我知道他倘能再活几年，我把屋子造起来，是他所最心愿的。我听到他弥留时的呻吟和叹息，我相信那不是病的痛苦的呻吟和叹息。我知道他还想再活几年，帮我造起屋子来。

现在我自己已是几个孩子的父亲了。我爱孩子，但我没有前一辈父亲的想法，帮孩子一直帮到老，帮到死还不足。我赞美前一辈父亲的美德，而自己却不能跟着他们的步伐走去。

我觉得我的孩子累我，使我受到极大的束缚。我没有对他们的永久的计划，甚至连最短促的也没有。

"倘使有人要，我愿意把他们送给人家！"我常常这样说，当我厌烦孩子的时候。

唉，和前一辈做父亲的一比，我觉得我们这一辈生命力薄弱得可怜，我们二三十岁的人比不上六七十岁的前辈，他们虽然老的老死的死了，但是他们才是真正地活着到现在、到将来。而我们呢，虽然活着，却是早已死了。

第二章

来日并不方长,
一别再无归期

第二章
来日并不方长,一别再无归期

奶奶的星星(节选) / 史铁生

世界给我的第一个记忆是,我躺在奶奶怀里,拼命地哭,打着挺儿,也不知道是为了什么,哭得好伤心。窗外的山墙上剥落了一块灰皮,形状像个难看的老头儿。奶奶搂着我,拍着我,"噢——噢——"地哼着。我倒更觉得委屈起来。"你听!"奶奶忽然说,"你快听,听见了么……"我愣愣地听,不哭了,听见了一种美妙的声音,飘飘的、缓缓的……是鸽哨儿?是秋风?是落叶划过屋檐?或者,只是奶奶在轻轻地哼唱?直到现在我还是说不清。"噢噢——睡觉吧,麻猴来了我打它……"那是奶奶的催眠曲。屋顶上有一片晃动的光影,是水盆里的水反射的阳光。光影也那么飘飘的、缓缓的,变幻成和平的梦境,我在奶奶怀里安稳地睡熟……

我是奶奶带大的。不知有多少人当着我的面对奶奶说过："奶奶带起来的，长大了也忘不了奶奶。"那时候我懂些事了，趴在奶奶膝头，用小眼睛瞪那些说话的人，心想：瞧你那讨厌样儿吧！翻译成孩子还不能掌握的语言就是：这话用你说么？

奶奶愈紧地把我搂在怀里，笑笑："等不到那会儿哟！"仿佛已经满足了的样子。

"等不到哪会儿呀？"我问。

"等不到你孝敬奶奶一把铁蚕豆。"

我笑个没完。我知道她不是真那么想。不过我总想不好，等我挣了钱给她买什么。爸爸、大伯、叔叔给她买什么，她都是说："用不着花那么多钱买这个。"奶奶最喜欢的是我给她踩腰、踩背。一到晚上，她常常腰疼、背疼，就叫我站到她身上去，来来回回地踩。她趴在床上"哎哟哎哟"的，还一个劲夸我："小脚丫踩上去，软软乎乎的，真好受。"我可是最不耐烦干这个，她的腰和背可真是够漫长的。"行了吧？"我问。"再踩两趟。"我大跨步地打了个来回："行了吧？""唉，行了。"我赶快下地，穿鞋，逃跑……

于是我说："长大了我还给您踩腰。"

"哟，那还不把我踩死？"

第二章
来日并不方长,一别再无归期

过了一会儿我又问:"您干吗等不到那会儿呀?"

"老了,还不死?"

"死了就怎么了?"

"那你就再也找不着奶奶了。"

我不嚷了,也不问了,老老实实依偎在奶奶怀里。那又是世界给我的第一个可怕的印象。

一个冬天的下午,一觉醒来,不见了奶奶,我扒着窗台喊她,窗外是风和雪。"奶奶出门儿了,去看姨奶奶。"我不信,奶奶去姨奶奶家总是带着我的;我整整哭喊了一个下午,妈妈、爸爸、邻居们谁也哄不住,直到晚上奶奶出我意料地回来。这事大概没人记得住了,也没人知道我那时想到了什么。小时候,奶奶吓唬我的最好办法,就是说:"再不听话,奶奶就死了!"

夏夜,满天星斗。奶奶讲的故事与众不同,她不是说地上死一个人,天上就熄灭了一颗星星,而是说,地上死一个人,天上就又多了一颗星星。

"怎么呢?"

"人死了,就变成一颗星星。"

"干吗变成星星呀?"

"给走夜道儿的人照个亮儿……"

我们坐在庭院里，草茉莉都开了，各种颜色的小喇叭，掐一朵放在嘴上吹，有时候能吹响。奶奶用大芭蕉扇给我轰蚊子。凉凉的风，蓝蓝的天，闪闪的星星，永远留在我的记忆里。

那时候我还不懂得问，是不是每个人死了都可以变成星星，都能给活着的人把路照亮。

奶奶已经死了好多年。她带大的孙子忘不了她。尽管我现在想起她讲的故事，知道那是神话，但到夏天的晚上，我却时常还像孩子那样，仰着脸，揣摸哪一颗星星是奶奶的……我慢慢去想奶奶讲的那个神话，我慢慢相信，每一个活过的人，都能给后人的路途上添些光亮，也许是一颗巨星，也许是一把火炬，也许只是一支含泪的烛光……

第二章
来日并不方长,一别再无归期

一个人在途上 / 郁达夫

在东车站的长廊下和女人分开以后,自家又剩了孤零丁的一个。频年漂泊惯的两口儿,这一回的离散,倒也算不得什么特别,可是端午节那天,龙儿刚死,到这时候北京城里虽已起了秋风,但是计算起来,去儿子的死期,究竟还只有一百来天。在车座里,稍稍把意识恢复转来的时候,自家就想起了卢骚晚年的作品《孤独散步者的梦想》头上的几句话:

自家除了己身以外,已经没有弟兄,没有邻人,没有朋友,没有社会了,自家在这世上,像这样的,已经成了一个孤独者了……

我用一生和你告别，
你用一生和我说路上小心

　　然而当年的卢骚还有弃养在孤儿院内的五个儿子，而我自己哩，连一个抚育到五岁的儿子都还抓不住！

　　离家的远别，本来也只为想养活妻儿。去年在某大学的被逐，是万料不到的事情。其后兵乱迭起，交通阻绝，当寒冬的十月，会病倒在沪上，也是谁也料想不到的。今年二月，好容易到得南方，静息了一年之半，谁知这刚养得出趣的龙儿又会遭此凶疾呢？

　　龙儿的病报，本是在广州得着，匆促北航，到了上海，接连接了几个北京来的电报，换船到天津，已经是旧历的五月初十。到家之夜，一见了门上的白纸条儿，心里已经是跳得忙乱，从苍茫的暮色里赶到哥哥家中，见了衰病的他，因为在大众之前，勉强将感情压住。草草吃了夜饭，上床就寝，把电灯一灭，两人只有紧抱的痛哭，痛哭，痛哭，只是痛哭，气也换不过来，更哪里有说一句话的余裕？

　　受苦的时间，的确脱煞过去得太悠徐，今年的夏季，只是悲叹的连续。晚上上床，两口儿，哪敢提一句话？可怜这两个迷散的心灵，在电灯灭黑的黝暗里，所摸走的荒路，每凑集在一条线上，这路的交叉点里，只有一块小小的墓碑，墓碑上只有"龙儿之墓"的四个红字。

第二章
来日并不方长，一别再无归期

妻儿因为在浙江老家内不能和母亲同住，不得已而搬往北京当时我在寄食的哥哥家去，是去年的四月中旬，那时候龙儿正长得肥满可爱，一举一动，处处教人欢喜。到了五月初，从某地回京，觉得哥哥家太狭小，就在什刹海的北岸，租定了一间渺小的住宅。夫妻两个，日日和龙儿伴乐，闲时也常在北海的荷花深处，及门前的杨柳荫中带龙儿去走走。这一年的暑假，总算过得最快乐，最闲适。

秋风吹叶落的时候，别了龙儿和女人，再上某地大学去为朋友帮忙，当时他们俩还往西车站去送我来哩！这是去年秋晚的事情，想起来还同昨日的情形一样。

过了一月，某地的学校里发生事情，又回京了一次，在什刹海小住了两星期，本来打算不再出京了，然碍于朋友的面子，又不得不于一天寒风刺骨的黄昏，上西车站去乘车。这时候因为怕龙儿要哭，自己和女人，吃过晚饭，便只说要往哥哥家里去，只许他送我们到门口。记得那一天晚上他一个人和老妈子立在门口，等我们俩去了好远，还"爸爸！爸爸！"的叫了好几声。啊啊，这几声的呼唤，是我在这世上听到的他叫我的最后的声音！

出京之后，到某地住了一宵，就匆促逃往上海。接续便染了病，遇了强盗辈的争夺政权，其后赴南方暂住，一直到今年的五月，才返北京。

想起来，龙儿实在是一个填债的儿子，是当乱离困厄的这几年中间，特来安慰我和他娘的愁闷的使者！

自从他在安庆生落地以来，我自己没有一天脱离过苦闷，没有一处安住到五个月以上。我的女人，也和我分担着十字架的重负，只是东西南北地奔波漂泊。然当日夜难安，悲苦得不了的时候，只教他的笑脸一开，女人和我，就可以把一切穷愁，丢在脑后。而今年五月初十待我赶到北京的时候，他的尸体，早已在妙光阁的广谊园地下躺着了。

他的病，说是脑膜炎。自从得病之日起，一直到旧历端午节的午时绝命的时候止，中间经过有一个多月的光景。平时被我们宠坏了的他，听说此番病里，却乖顺得非常。叫他吃药，他就大口地吃，叫他用冰枕，他就很柔顺地躺上。病后还能说话的时候，只问他的娘："爸爸几时回来？""爸爸在上海为我定做的小皮鞋，已经做好了没有？"我的女人，于感乱之余，每幽幽地问他："龙！你晓得你这一场病，会不会死的？"他老是很不愿意地回答说："哪儿会死的哩？"据女人含泪地告诉我说，他的谈吐，绝不似一个五岁的小儿。

未病之前一个月的时候，有一天午后他在门口玩耍，看见西

第二章
来日并不方长，一别再无归期

面来了一乘马车，马车里坐着一个戴灰白帽子的青年。他远远看见，就急忙丢下了伴侣，跑进屋里叫他娘出来，说："爸爸回来了，爸爸回来了！"因为我去年离京时所戴的，是一样的一顶白灰呢帽。他娘跟他出来到门前，马车已经过去了，他就死劲地拉住了他娘，哭喊着说："爸爸怎么不家来吓？爸爸怎么不家来吓？"他娘说慰了半天，他还尽是哭着，这也是他娘含泪和我说的。现在回想起来，自己实在不该抛弃了他们，一个人在外面流荡，致使他那小小的心灵，常有这望远思亲之痛。

去年六月，搬往什刹海之后，有一次我们在堤上散步，因为他看见了人家的汽车，硬是哭着要坐，被我痛打了一顿。又有一次，也是因为要穿洋服，受了我的毒打。这实在只能怪我做父亲的没有能力，不能做洋服给他穿，雇汽车给他坐。早知他要这样的早死，我就是典当抢劫，也应该去弄一点钱来，满足他无邪的欲望，到现在追想起来，实在觉得对他不起，实在是我太无容人之量了。

我女人说，濒死的前五天，在病院里，他连叫了几夜的爸爸！她问他："叫爸爸干什么？"他又不响了，停一会儿，就又再叫起来，到了旧历五月初三日，他已入了昏迷状态，医师替他抽骨髓，他只会直叫一声"干吗？"。喉头的气管，咯咯在抽咽，眼睛只往上吊送，口头流些白沫，然而一口气总不肯断。他娘哭叫几声"龙！龙！"。他的眼角上，就会迸流下眼泪出来，后来他娘看他苦得难过，倒对他说：

"龙！你若是没有命的，就好好地去吧！你是不是想等爸爸回来？就是你爸爸回来，也不过是这样的替你医治罢了。龙！你有什么不了的心愿呢？龙！与其这样的抽咽受苦，你还不如快快地去吧！"

他听了这段话，眼角上的眼泪，更是涌流得厉害。到了旧历端午节的午时，他竟等不着我的回来，终于断气了。

丧葬之后，女人搬往哥哥家里，暂住了几天。我于五月十日晚上，下车赶到什刹海的寓宅，打门打了半天，没有应声。后来抬头一看，才见了一张告示邮差送信的白纸条。

自从龙儿生病以后连日连夜看护久已倦了的她，又哪里经得起最后的这一个打击？自己当到京之夜，见了她的衰容，见了她的泪眼，又哪里能够不痛哭呢？

在哥哥家里小住了两三天，我因为想追求龙儿生前的遗迹，一定要女人和我仍复搬回什刹海的住宅去住它一两个月。

搬回去那天，一进上屋的门，就见了一张被他玩破的今年正月里的花灯。听说这张花灯，是南城大姨妈送他的，因为他自家烧破

第二章
来日并不方长，一别再无归期

了一个窟窿，他还哭过好几次来的。

其次，便是上房里砖上的几堆烧纸钱的痕迹！系当他下殓时烧的。

院子里有一架葡萄，两棵枣树，去年采取葡萄枣子的时候，他站在树下，兜起了大褂，仰头在看树上的我。我摘取一颗，丢入了他的大褂兜里，他的哄笑声，要继续到三五分钟。今年这两棵枣树，结满了青青的枣子，风起的半夜里，老有熟极的枣子辞枝自落。女人和我，睡在床上，有时候且哭且谈，总要到更深人静，方能入睡。在这样的幽幽的谈话中间，最怕听的，就是这滴答的坠枣之声。

到京的第二日，和女人去看他的坟墓。先在一家南纸铺里买了许多冥府的钞票，预备去烧送给他，直到到了妙光阁的广谊园茔地门前，她方从呜咽里清醒过来，说："这是钞票，他一个小孩如何用得呢？"就又回车转来，到琉璃厂去买了些有孔的纸钱。她在坟前哭了一阵，把纸钱钞票烧化的时候，却叫着说：

"龙！这一堆是钞票，你收在那里，待长大了的时候再用。要买什么，你先拿这一堆钱去用吧。"

这一天在他的坟上坐着，我们直到午后七点，太阳平西的时候，才回家来。临走的时候，他娘还哭叫着说：

我用一生和你告别,
你用一生和我说路上小心

"龙!龙!你一个人在这里不怕冷静的么?龙!龙!人家若来欺你,你晚上来告诉娘吧!你怎么不想回来了呢?你怎么梦也不来托一个呢?"

箱子里,还有许多散放着的他的小衣服。今年北京的天气,到七月中旬,已经是很冷了。当微凉的早晚,我们俩都想换上几件夹衣,然而因为怕见到他旧时的夹衣袍袜,我们俩却尽是一天一天地挨着,谁也不说出口来,说"要换上件夹衫"。

有一次和女人在那里睡午觉,她骤然从床上坐了起来,鞋也不拖,光着袜子,跑上了上房起坐室里,并且更掀帘跑上外面院子里去。我也莫名其妙跟着她跑到外面的时候,只见她在那里四面找寻什么。找寻不着,呆立了一会,她忽然放声哭了起来,并且抱住了我急急地追问说:"你听不听见?你听不听见?"哭完之后,她才告诉我说,在半醒半睡的中间,她听见"娘!娘!"的叫了两声,的确是龙的声音,她很坚定地说:"的确是龙回来了。"

北京的朋友亲戚,为安慰我们起见,今年夏天常请我们俩去吃饭听戏,她老不愿意和我同去,因为去年的六月,我们无论上哪里去玩,龙儿是常和我们在一处的。

今年的一个暑假,就是这样的,在悲叹和幻梦的中间消逝了。这一回南方来催我就道的信,过于匆促,出发之前,我觉得还有一

第二章
来日并不方长，一别再无归期

件大事情没有做了。

中秋节前新搬了家，为修理房屋，部署杂事，就忙了一个星期。出发之前，又因了种种琐事，不能抽出空来，再上龙儿的坟地里去探望一回。女人上东车站来送我上车的时候，我心里尽是酸一阵痛一阵的在回念这一件恨事。有好几次想和她说出来，教她于两三日后再往妙光阁去探望一趟，但见了她的憔悴尽的颜色，和苦忍住的凄楚，又终于一句话也没有讲成。

现在去北京远了，去龙儿更远了，自家只一个人，只是孤零丁的一个人。在这里继续此生中大约是完不了的漂泊。

我用一生和你告别,
你用一生和我说路上小心

老海棠树 / 史铁生

如果可能,如果有一块空地,不论窗前屋后,要是能随我的心愿种点什么,我就种两棵树。一棵合欢,纪念母亲。一棵海棠,纪念我的奶奶。

奶奶,和一棵老海棠树,在我的记忆里不能分开,好像她们从来就在一起,奶奶一生一世都在那棵老海棠树的影子里张望。

老海棠树近房高的地方,有两条粗壮的枝丫,弯曲如一把躺椅,小时候我常爬上去,一天天地就在那儿玩。奶奶在树下喊:"下来,下来吧,你就这么一天到晚待在上头不下来了?"是的,我在那儿看小人书,用弹弓向四处射击,甚至在那儿写作业,书包挂在房檐上。"饭也在上头吃吗?"对,在上头吃。奶奶把盛好的饭菜举过头顶,我两腿攀紧树丫,一个海底捞月把碗筷接

第二章
来日并不方长,一别再无归期

上来。"觉呢,也在上头睡?"没错。四周是花香,是蜂鸣,春风拂面,是沾衣不染海棠的花雨。奶奶站在地上,站在屋前,老海棠树下,望着我。她必是羡慕,猜我在上头是什么感觉,都能看见什么?

但她只是望着我吗?她常独自呆愣,目光渐渐迷茫,渐渐空荒,透过老海棠树浓密的枝叶,不知所望。

春天,老海棠树摇动满树繁花,摇落一地雪似的花瓣。我记得奶奶坐在树下糊纸袋,不时地冲我叨唠:"就不说下来帮帮我?你那小手儿糊得多快!"我在树上东一句西一句地唱歌。奶奶又说:"我求过你吗?这回活儿紧!"我说:"我爸我妈根本就不想让您糊那破玩意儿,是您自己非要这么累!"奶奶于是不再吭声,直起腰,喘口气,这当儿就又呆呆地张望——从粉白的花间,一直到无限的天空。

或者夏天,老海棠树枝繁叶茂,奶奶坐在树下的浓荫里,又不知从哪里找来了补花的活儿,戴着老花镜,埋头于床单或被罩,一针一线地缝。天色暗下来时她冲我喊:"你就不能劳驾去洗洗菜?没见我忙不过来吗?"我跳下树,洗菜,胡乱一洗了事。奶奶生气了:"你们上班上学也这么糊弄?"奶奶把手里的活儿推开,一边重新洗菜一边说:"我就一辈子得给你们做饭?就不能有我自己的工作?"这回是我不再吭声。奶奶洗好菜,重新捡起针线,从老花镜上缘抬起目光,又会有一阵子愣愣的张望。

　　有年秋天,老海棠树照旧果实累累,落叶纷纷。早晨,天还昏暗,奶奶就起来去扫院子,唰啦——唰啦——院子里的人都还在梦中。那时我大些了,正在插队,从陕北回来看她。那时奶奶一个人在北京,爸和妈都去了干校。那时奶奶已经腰弯背驼。唰啦唰啦的声音把我惊醒,赶紧跑出去:"您歇着吧,我来,保证用不了3分钟。"可这回奶奶不要我帮。"咳,你呀!你还不懂吗?我得劳动。"我说:"可谁能看得见?"奶奶说:"不能那样,人家看不看得见是人家的事,我得自觉。"她扫完了院子又去扫街。"我跟您一块儿扫行不?""不行。"

　　这样我才明白,曾经她为什么执意要糊纸袋,要补花,不让自己闲着。有爸和妈养活她,她不是为挣钱,她为的是劳动。她的成分随了爷爷算地主。虽然我那个地主爷爷三十几岁就一命归天,是奶奶自己带着儿子苦熬过几十年,但人家说什么?人家说:"可你还是吃了那么多年的剥削饭!"这话让她无地自容。这话让她独自愁叹。这话让她几十年的苦熬忽然间变成屈辱。她要补偿这罪孽。她要用行动证明。证明什么呢?她想着她未必不能有一天自食其力。奶奶的心思我有点懂了:什么时候她才能像爸和妈那样,有

第二章
来日并不方长,一别再无归期

一份名正言顺的工作呢?大概这就是她的张望吧,就是那老海棠树下屡屡的迷茫与空荒。不过,这张望或许还要更远大些——她说过:得跟上时代。

所以冬天,所有的冬天,在我的记忆里,几乎每一个冬天的晚上,奶奶都在灯下学习。窗外,风中,老海棠树枯干的枝条敲打着屋檐,摩擦着窗棂。奶奶曾经读一本《扫盲识字课本》,再后是一字一句地念报纸上的头版新闻。在《奶奶的星星》里我写过:她学《国歌》一课时,把"吼声"念成"孔声"。我写过我最不能原谅自己的一件事:奶奶举着一张报纸,小心地凑到我跟前,"这一段,你给我说说,到底什么意思?"我看也不看就回答:"您学那玩意儿有用吗?您以为把那些东西看懂,您就真能摘掉什么帽子?"奶奶立刻不语,唯低头盯着那张报纸,半天半天目光都不移动。我的心一下子收紧,但知已无法弥补。"奶奶。""奶奶!""奶奶——"我记得她终于抬起头时,眼里竟全是惭愧,毫无对我的责备。

但在我的印象里,奶奶的目光慢慢地离开那张报纸,离开灯光,离开我,在窗上老海棠树的影子那儿停留一下,继续离开,离开一切声响甚至一切有形,飘进黑夜,飘过星光,飘向无可慰藉的迷茫与空荒……而在我的梦里,我的祈祷中,老海棠树也便随之轰然飘去，跟随着奶奶，陪伴着她，围拢着她。奶奶坐在满树的繁花中，满地的浓荫里，张望复张望，或不断地要我给她说说："这一段到底是什么意思？"——这形象，逐年地定格成我的思念，和我永生的痛悔。

第二章
来日并不方长,一别再无归期

祖父死了的时候 / 萧红

祖父总是有点变样子,他喜欢流起眼泪来,同时过去很重要的事情他也忘掉。比方过去那一些他常讲的故事,现在讲起来,讲了一半,下一半他就说:"我记不得了。"

某夜,他又病了一次,经过这一次病,他竟说:"给你三姑写信,叫她来一趟,我不是四五年没看过她吗?"他叫我写信给我已经死去五年的姑母。

那次离家是很痛苦的。学校来了开学通知信,祖父又一天一天地变样起来。

祖父睡着的时候,我就躺在他的旁边哭,好像祖父已经离开我死去似的,一面哭着一面抬头看他凹陷的嘴唇。我若死掉祖父,就死掉我一生最重要的一个人,好像他死了就把人间一切"爱"和

"温暖"带得空空虚虚。我的心被丝线扎住或铁丝绞住了。

我联想到母亲死的时候。母亲死以后，父亲怎样打我，又娶一个新母亲来。这个母亲很客气，不打我，就是骂，也是指着桌子或椅子来骂我。客气是越客气了，但是冷淡了，疏远了，生人一样。

"到院子去玩玩吧！"祖父说了这话之后，在我的头上撞了一下，"喂！你看这是什么？"一个黄金色的橘子落到我的手中。

夜间不敢到茅厕去，我说："妈妈同我到茅厕去趟吧？"

"我不去！"

"那我害怕呀！"

"怕什么？"

"怕什么？怕鬼怕神？"父亲也说话了，把眼睛从眼镜上面看着我。

冬天，祖父已经睡下，赤着脚，开着纽扣跟我到外面茅厕去。

学校开学，我迟到了四天。三月里，我又回家一次，正在外面叫门，里面小弟弟嚷着："姐姐回来了！姐姐回来了！"大门开时，我就远远注意着祖父住着的那间房子。果然祖父的面孔和胡子闪现在玻璃窗里。我跳着笑着跑进屋去。但不是高兴，只是心酸，祖父的脸色更惨淡更白了。等屋子里一个人没有时，他流

第二章
来日并不方长,一别再无归期

着泪,他慌慌忙忙地一边用袖口擦着眼泪,一边抖动着嘴唇说:"爷爷不行了,不知早晚……前些日子好险没跌……跌死。"

"怎么跌的?"

"就是在后屋,我想去解手,招呼人,也听不见,按电铃也没有人来,就得爬啦。还没到后门口,腿颤,心跳,眼前发花了一阵就倒下去。没跌断了腰……人老了,有什么用处!爷爷是八十一岁呢。"

"爷爷是八十一岁。"

"没用了,活了八十一岁还是在地上爬呢!我想你看不着爷爷了,谁知没有跌死,我又慢慢爬到炕上。"

我走的那天也是和我回来那天一样,白色的脸的轮廓闪现在玻璃窗里。

在院心我回头看着祖父的面孔,走到大门口,在大门口我仍可看见,出了大门,就被门扇遮断。

从这一次祖父就与我永远隔绝了。虽然那次和祖父告别,并没说出一个永别的宁。

我回来看祖父,这回门前吹着喇叭,幡杆挑得比房头更高,马车离家很远的时候,我已看到高高的白色幡杆了,吹鼓手们的喇叭怆凉地在悲号。马车停在喇叭声中,大门前的白幡、白对联、院心的灵棚、闹嚷嚷许多人，吹鼓手们响起呜呜的哀号。

这回祖父不坐在玻璃窗里，是睡在堂屋的板床上，没有灵魂地躺在那里。我要看一看他白色的胡子，可是怎样看呢？拿开他脸上蒙着的纸吧，胡子、眼睛和嘴，都不会动了，他真的一点感觉也没有了？我从祖父的袖管里去摸他的手，手也没有感觉了。祖父这回真死去了啊！

祖父装进棺材去的那天早晨，正是后园里玫瑰花开放满树的时候。我扯着祖父的一张被角，抬向灵前去。吹鼓手在灵前吹着大喇叭。

我怕起来，我号叫起来。

"咣咣！"黑色的，半尺厚的灵柩盖子压上去。

吃饭的时候，我饮了酒，用祖父的酒杯饮的。饭后我跑到后园玫瑰树下去卧倒，园中飞着蜂子和蝴蝶，绿草的清凉的气味，这都和十年前一样。可是十年前死了妈妈。妈妈死后我仍是在园中扑蝴蝶；这回祖父死去，我却饮了酒。

过去的十年我是和父亲打斗着生活。在这期间我觉得人是残酷的东西。父亲对我是没有好面孔的，对于仆人也是没有好面孔的，他对于祖父也是没有好面孔的。因为仆人是穷人，祖父是老人，我是个小孩子，所以我们这些完全没有保障的人就落到他的

第二章
来日并不方长，一别再无归期

手里。后来我看到新娶来的母亲也落到他的手里，他喜欢她的时候，便同她说笑，他恼怒时便骂她，母亲渐渐也怕起父亲来。

母亲也不是穷人，也不是老人，也不是孩子，怎么也怕起父亲来呢？我到邻家去看看，邻家的女人也是怕男人。我到舅家去，舅母也是怕舅父。

我懂得的尽是些偏僻的人生，我想世间死了祖父，就没有再同情我的人了，世间死了祖父，剩下的尽是些凶残的人了。

我饮了酒，回想，幻想……

以后我必须不要家，到广大的人群中去，但我在玫瑰树下颤怵了，人群中没有我的祖父。

所以我哭着，整个祖父死的时候我哭着。

我用一生和你告别，
你用一生和我说路上小心

我的祖母之死（节选） / 徐志摩

我在我的日记里翻出一封不曾写完不曾付寄的信，是我祖母死后第二天的早上写的。我是在极强烈的极鲜明的时刻内，很想把那几日的感想与疑问，痛快地写给一个同情的好友，使他在数千里外也能分尝我强烈的鲜明的感情。那位同情的好友我选中了通伯。但那封信却只起了一个呆重的头，一为丧中忙，二为我那时眼热不耐用心，始终不曾写就，一直挨到现在再想补写，恐怕强烈已经变弱，鲜明已经透暗，逃亡的囚逬，不易追获的了。我现在把那封残信录在这里，再来追摹当时的情景。

通伯：

我的祖母死了！从昨夜十时半起，直到现在，满屋子只是号啕

第二章
来日并不方长，一别再无归期

呼抢的悲音，与和尚、道士、女僧的礼忏鼓磬声。二十年前祖父丧时的情景，如今又在眼前了。忘不了的情景！你愿否听我讲些？

我一路回家，怕的是也许已经见不到老人，但老人却在生死的交关仿佛存心地弥留着，等待她最钟爱的孙儿——即使不能与他开言诀别，也使他尚能把握她依然温暖的手掌，抚摸她依然跳动着的胸怀，凝视她依然能自开自阖虽则不再能表情的眼睛。她的病是脑充血的一种，中医称为"卒中"（最难救的中风）。

她十日前在暗房里踬仆倒地，从此不再开口出言，登仙似的结束了她八十四岁的长寿，六十年良妻与贤母的辛勤，她现在已经永远地脱辞了烦恼的人间，还归她清净自在的来处。我们承受她一生的厚爱与荫泽的儿孙，此时亲见，将来追念，她最后的神化，不能自禁中怀的摧痛，热泪暴雨似的盆涌，然痛心中却亦隐有无穷的赞美，热泪中依稀想见她功成德备的微笑，无形中似有不朽的灵光，永远地临照她绵衍的后裔……

◊

旧历的乞巧那一天，我们一大群快活的游踪，驴子灰的黄的白的，轿子四个脚夫抬的，正在山海关外迂回的、曲折的绕登角山的栖贤寺，面对着残圮的长城，巨虫似的爬山越岭，隐入烟霭的迷茫。那晚回北戴河海滨住处,已经半夜,我们还打算天亮四点钟上莲峰山去看日出,我已经快上床,忽然想起了,出去问有信没有,听差递给我一封电报,家里来的四等电报。

我就知道不妙,果然是"祖母病危速回"!我当晚就收拾行装,赶早上六时车到天津,晚上才上津浦快车。正嫌路远车慢,半路又为水发冲坏了轨道过不去,一停就停了十二点钟有余,在车里多过了一夜,直到第三天的中午方才过江上沪宁车。这趟车如其准点到上海,刚好可以接上沪杭的夜车,谁知道又误了点,误了不多不少的一分钟,一面我们的车进站,他们的车头鸣的一声叫,别断别断的去了!我若然是空身子,还可以冒险跳车,偏偏我的一双手又被行李雇定了,所以只得定着眼睛送它走。

所以直到八月二十二日的中午我方才到家。我给通伯的信说"怕是已经见不着老人",在路上那几天真是难受,缩不短的距离没有法子,但是那急人的水发,急人的火车,几面凑拢来,叫我整整的迟一昼夜到家!试想病危了的八十四岁的老人,这二十四点钟不是容易过的,要是她刚巧在这个期间内有什么动静,那才叫人抱憾哩!但是结果还算没有多大的差池——她老人家还在生死的交关等着!

第二章
来日并不方长,一别再无归期

◎

奶奶——奶奶——奶奶!奶——奶!你的孙儿回来了,奶奶!没有回音。老太太阖着眼,仰面躺在床里,右手拿着一把半旧的雕翎扇很自在地扇动着。老太太原来就怕热,每年暑天总是扇子不离手的,那几天又是特别的热。这还不是好好的老太太,呼吸顶匀净的,定是睡着了,谁说危险!奶奶,奶奶!

她把扇子放下了,伸手去摸着头顶上挂着的冰袋,一把抓得紧紧的,呼了一口长气,像是暑天赶道儿的喝了一碗凉汤似的,这不是她明明的有感觉不是?我把她的手拿在我的手里,她似乎感觉我手心的热,可是她也让我握着,她开眼了!右眼张得比左眼开些,瞳子却是发呆,我拿手指在她的眼前一挑,她也没有瞬,那准是她瞧不见了——奶奶,奶奶,——她也真没有听见,难道她真是病了,真是危险,这样爱我疼我宠我的好祖母,难道真会得……我心里一阵的难受,鼻子里一阵的酸,滚热的眼泪就迸了出来。这时候床前已经挤满了人,我的这位,我的那位,我一眼看过去,只见一片惨白忧愁的面色,一双双装满了泪珠的眼眶。我的妈更看的憔悴。她们已经伺候了六天六夜,妈对我讲祖母这回不幸的情形,怎样的她夜饭前还在大厅上吩咐事情,怎样的饭后进房去自己擦脸,不知怎样的闪了下去,外面人听着响声才讲去,已经是不能开口了,怎样的请医生,一直到现在还没有转机……

一个人到了天伦骨肉的中间,整套的思想情绪,就变换了式样与颜色。你的不自然的口音与语法没有用了;你的耀眼的袍服可以不必穿了;你的洁白的天使的翅膀,预备飞翔出人间到天堂的,不便在你的慈母跟前自由的开豁;你的理想的楼台亭阁,也不轻易地放进这二百年的老屋;你的佩剑、要寨,以及种种的防御,在争竞的外界即使是必要的,到此只是可笑的累赘。在这里,不比在其余的地方,他们所要求于你的,只是随熟的声音与笑貌,只是好的、纯粹的本性,只是一个没有斑点的赤裸裸的好心。在这些纯爱的骨肉的经纬中心,不由得你不从你的天性里抽出最柔糯亦最有力的几缕丝线来加密或是缝补这幅天伦的结构。

所以我那时坐在祖母的床边,念着两朵热泪,听母亲叙述她的病况,我脑中发生了异常的感想,我像是至少逃回了二十年的光阴,正如我膝前子侄辈一般的高矮,回复了一片纯朴的童真,早上走来祖母的床前,揭开帐子叫一声软和的奶奶,她也回叫了我一声,伸手到里床去摸给我一个蜜枣或是三片状元糕,我又叫了一声奶奶,出去玩了,那是如何可爱的辰光,如何可爱的天真,但如今没有了,再也不回来了。现在床里躺着的,仍然是我的亲爱的祖母,十个月前我伴着到普陀登山拜佛清健的祖母,但现在何以不再

第二章
来日并不方长，一别再无归期

答应我的呼唤，何以不再能表情，不再能说话，她的灵性哪里去了，她的灵性哪里去了？

◎

一天，一天，又是一天——在垂危的病榻前过的时刻，不比平常飞驶无碍的光阴，时钟上同样的一声的嗒，直接地打在你的焦急的心里，给你一种模糊的隐痛——祖母还是照样地眠着，右手的脉自从起病以来已是极微仅有的，但不能动弹的却反是有脉的左侧，右手还是不时在挥扇，但她的呼吸还是一例的平匀，面容虽不免瘦削，光泽依然不减，并没有显著的衰象，所以我们在旁边看她的，差不多每分钟都盼望她从这长期的睡眠中醒来，打一个呵欠，就开眼见人，开口说话——果然她醒了过来，我们也不会觉得离奇，像是原来应当似的。但这究竟是我们亲人绝望中的盼望，实际上所有的医生，中医、西医、针医，都已一致地回绝，说这是"不治之症"。中医说这脉象是凭证，西医说脑壳里血管破裂，虽则植物性机能——呼吸、消化——不曾停止，但言语中枢已经断绝——此外更专门更玄学更科学的理论我也记不得了。所以暂时不变的原因，就在老太太本来的体元太好了，拳术家说的"一时不能散丁"，并不是病有转机的兆头。

我用一生和你告别，
你用一生和我说路上小心

    我们自己人也何尝不明白这是个绝症；但我们却总不忍自认是绝望：这"不忍"便是人情。我有时在病榻前，在凄恼的静默中，发生了重大的疑问。科学家说人的意识与灵感，只是神经系最高的作用，这复杂、微妙的机械，只要部分有了损伤或是停顿，全体的动作便发生相当的影响；如其最重要的部分受了扰乱，他不是变成反常的疯癫，便是完全地失去意识。照这一说，体即是用，离了体即没有用；灵魂是宗教家的大谎，人的身体一死什么都完了。这是最干脆不过的说法，我们活着时有这样有那样已经够麻烦，尽够受，谁还有兴致，谁还愿意到坟墓的那一边再去发生关系，地狱也许是黑暗的，天堂是光明的，但光明与黑暗的区别无非是人类专擅的假定，我们只要摆脱这皮囊，还归我清静，我就不愿意头戴一个黄色的空圈子，合着手掌跪在云端里受罪！

    再回到事实上来，我的祖母——一位神智最清明的老太太——究竟在哪里？我既然不能断定因为神经部分的震裂她的灵感性便永远地消减，但同时她又分明失却了表情的能力，我只能设想她人格的自觉性，也许比平时消淡了不少，却依旧是在着，像在梦魇里将醒未醒时似的，明知她的儿女孙曾不住地叫唤她醒来，明知她即使要永别也总还有多少的嘱咐，但是可怜她的睛球再不能反映外界的印象，她的声带与口舌再不能表达她内心的情意，隔着这脆弱的肉

第二章
来日并不方长，一别再无归期

体的关系，她的性灵再不能与她最亲的骨肉自由地沟通——也许她也在整天整夜地伴着我们焦急，伴着我们伤心，伴着我们出泪，这才是可怜，这才真叫人悲感哩！

◎

到了八月二十七那天，离她起病的第十一天，医生吩咐脉象大大地变了，叫我们当心，这十一天内每天她只咽入很困难的几滴稀薄的米汤，现在她的面上的光泽也不如早几天了，她的眼眶更陷落了，她的口部的筋肉也更宽弛了，她右手的动作也减少了，即使拿起了扇子也不再能很自然地扇动了——她的大限的确已经到了。但是到晚饭后，反是没有什么显像。同时一家人着了忙，准备寿衣的、准备冥银的、准备香灯等等的。我从里走出外，又从外走进里，只见匆忙的脚步与严肃的面容。这时病人的大动脉已经微细得不可辨，虽则呼吸还不至怎样的急促。这时一门的骨肉已经齐集在病房里，等候那不可避免的时刻。到了十时光景，我和我的父亲正坐在房的那一头一张床上，忽然听得一个哭叫的声音说——"大家快来看呀，老太太的眼睛张大了！"这尖锐的喊声，仿佛是一大桶的冰水浇在我的身上，我所有的毛管一齐竖了起来，我们跟跄地奔到了床前，挤进了人丛。果然，老太太的眼睛张大了，张得很大了！这是我一生从不曾见过，也是我一辈子忘不了的眼见的神奇（恕罪我的描写）！不但是两眼，面容也是绝对的神变了，她原来皱缩的面上，发出一种鲜润的彩泽，仿佛半淤的血脉，又一度充满了生命的精液，她的口，她的两颊，也都回复了异样的丰润；同时她的呼吸渐渐地上升，急进的短促，现在已经几乎脱离了气管，只在鼻孔里脆响地呼出了。但是最神奇不过的是一双眼睛！她的瞳孔早已失去了收敛性，呆顿地放大了。

但是最后那几秒钟！不但眼眶是充分地张开了，不但黑白分明，瞳孔锐利地紧敛了，并且放射着一种不可形容、不可信的辉光，我只能称他为"生命最集中的灵光"！这时候床前只是一片的哭声，子媳唤着娘，孙子唤着祖母，婢仆争喊着老太太，几个稚龄的曾孙，也跟着狂叫太太……但老太太最后的开眼，仿佛是与她亲爱的骨肉，作无言的诀别，我们都在号泣地送终，她也安慰了，她放心地去了。在几秒时间内，死的黑影已经移上了老人的面部，遏灭了生命的异彩，她最后的呼气，正似水泡破裂，电光杳灭，菩提的一响，生命呼出了窍，什么都止息了。

◎

我满心充塞了死象的神奇，同时又须顾管我有病的母亲，她那

第二章
来日并不方长,一别再无归期

时出性地号啕,在地板上滚着,我自己反而哭不出来;我自己也觉得奇怪,眼看着一家长幼的涕泪滂沱,耳听着狂沸似的呼抢号叫,我不但不发生同情的反应,却反而达到了一个超感情的、静定的、幽妙的意境,我想象着看见祖母脱离了躯壳与人间,穿着雪白的长袍,冉冉地升上天去,我只想默默地跪在尘埃,赞美她一生的功德,赞美她一生的圆寂。这是我的设想!我们内地人却没有这样纯粹的宗教思想;他们的假定是不论死的是高年厚德的老人或是无知无愆的幼孩,或是罪大恶极的凶人,临到弥留的时刻总是一例的有无常鬼、摸壁鬼、牛头马面、赤发獠牙的阴差等等到门,拿着镣链枷锁,来捉拿阴魂到案。所以烧纸帛是平他们的暴戾,最后的呼抢是没奈何的诀别。这也许是大部分临死时实在的情景,但我们却不能概定所有的灵魂都不免遭受这样的凌辱。譬如我们的祖老太太的死,我只能想象她是登天,只能想象她慈祥的神化——像那样鼎沸的号啕,固然是至性不能自禁,但我总以为不如匍匐隐泣或默祷,较为近情,较为合理。

理智发达了,感情便失了自然的浓挚;厌世主义的看来,眼泪与笑声一样是空虚的,无意义的。但厌世主义姑且不论,我却不相信理智的发达,会妨碍天然的情感;如其教育真有效力,我以为效力就在剥削了不合理性的"感情作用",但绝不会有损真纯的感

> 我用一生和你告别，
> 你用一生和我说路上小心

情；他眼泪也许比一般人流得少些，但他等到流泪的时候，他的泪才是应流的泪。我也是智识愈开流泪愈少的一个人，但这一次却也真的哭了好几次。一次是伴我的姑母哭的，她为产后不曾复元，所以祖母的病一直瞒着她，一直到了祖母故后的早上方才通知她。她扶病来了，她还不曾下轿，我已经听出她在啜泣，我一时感觉一阵的悲伤，等到她出轿放声时，我也在房中欷歔不住。又一次是伴祖母当年的赠嫁婢哭的。她比祖母小十一岁，今年七十三岁，亦已是个白发的婆子，她也来哭她的"小姐"，她是见着我祖母的花烛的唯一的人，她一哭我也哭了。

再有是伴我的父亲哭的。我总是觉得一个身体伟大的人，他动情感的时候，动人的力量也比平常人伟大些。我见了我父亲哭泣，我就忍不住要伴着淌泪。但是感动我最强烈的几次，是他一人倒在床里，反复地啜泣着，叫着妈，像一个小孩似的，我就感到最热烈的伤感，在他伟大的心胸里浪涛似的起伏，我就感到母子的感情的确是一切感情的起源与总结，等到一失慈爱的荫庇，仿佛一生的事业顿时没有了根柢，所有的快乐都不能填平这唯一的缺陷；所以他这一哭，我也真哭了。

但是我的祖母果真是死了吗？她的躯体是的。但她是不死的。诗人勃兰恩德（Bryant）说：

第二章
来日并不方长，一别再无归期

So live, that when thy summons comes to join the innumerable caravan, which moves to that mysterious realm where each one takes his chamber in the silent halls of death, then go not, like the quarry slave at night scourged to his dungeon, but sustained and soothed.

By an unfaltering truth, approach thy grave like one that wraps the drapery of his couch, about him, and lies down to pleasant dreams.[①]

如果我们的生前是尽责任的，是无愧的，我们就会坦然地走近我们的坟墓，我们的灵魂里不会有惭愧或悔恨的啮痕。人生自生至死，如勃兰恩德的比喻，真是大队的旅客在不尽的沙漠中进行，只要良心有个安顿，到夜里你卧倒在帐幕里也就不怕噩梦来缠绕。

我的祖母，在那旧式的环境里，到我们家来五十九年，真像是

---

① "活下去吧，当你受到召唤，去加入向那神秘的领域行进的无穷无尽的旅游队伍，去死亡的府第入住的时候，不要像那逃奴，在深夜里被鞭子抽着回到他的地牢，而应该是镇定与平静的。/因为对真理的毫不动摇的信念，你在走近坟墓的时候要像一个上床睡觉的人，把毯子卷好，躺下准备做一夜的美梦。"（译文引自韩石山《徐志摩散文全集》）

做了长期的苦工,她何尝有一日的安闲,不必说子女的嫁娶,就是一家的柴米油盐,扫地抹桌,哪一件事不在八十岁老人早晚的心上!我的伯父快近六十岁了,但他的起居饮食,还差不多完全是祖母经管的,初出世的曾孙如其有些身热咳嗽,老太太晚上就睡不安稳;她爱我宠我的深情,更不是文字所能描写;她那深厚的慈荫,真是无所不包,无所不蔽。但她的身心即使劳碌了一生,她的报酬却在灵魂无上的平安;她的安慰就在她的儿女孙曾,只要我们能够步她的前例,各尽天定的责任,她在冥冥中也就永远地微笑了。

第二章
来日并不方长,一别再无归期

缀 / 缪崇群

妻在她们姊妹行中是顶小的一个,出生的那一年,她的母亲已经四十岁。妻的体质和我并不相差许多。没料到她却比我在先的把血吐尽,仅仅活了二十六年,就在一个夏末秋来的晚上静静地死去了。留给我的是整个的秋天,和秋天以后的日子。

这个不幸的消息,一直隐瞒着一个老年人(没有一个老年人不在翘盼着她的幼小者的生长,对于自己的可数的日子倒是忘得干干净净的);使老年人眼见着"黄梅未落青梅落"的情景,这种可怜的幻灭感,恐怕比她自己临终时所感到的那种情景还要伤恸的。

妻的母亲就是这样一个可怜的老人。

"五姑的病,转地疗养去了。"起初是用这样分隔的话来隐瞒着她。那时妻已经躺在一块白石碑的底下。

"发了疯的日人,不分城里城外的滥炸,把五姑糟踏了!"过了一年,抗战的炮火响亮了,时代正揭开了伟大的一幕,才把幼小者已经死亡的事,传告了这个老人。因为唯有这种措辞是合理的,也唯有这种措辞足以取信。

全中国的父母都知道,为国家牺牲了的骨肉,这骨肉还是光荣地属于自己的;我们每个人都知道,死亡并不是一个终结,那解不开的仇恨,早已使我们每一个人的眼睛发光,清清楚楚地认识了:唯有凶暴的侵略者,才是我们所有的生命的敌人!

妻的墓,那是正浸在汤山的血泊里。

在炮火中又过了一年,想不到我会来到的地方,我会和妻的母亲再见了。如果这回和妻同来,我不知道对于这个雪发银头的老人,她将怎样惊异而发怔了。

"妈,看我走过千山万水还是好好的,你喜欢么?"

"喜是喜欢,只是看见落了你一个人。"

……

像是拾到了一件可怜惜的东西,同时也就接触到那件东西的失主的一颗更可怜惜的心。

幼小者的墓,遥遥的还留在沦陷了的区域里。梦也不会梦到。如今我竟一个人又立在她的母亲的面前了。

第二章
来日并不方长,一别再无归期

虽然是轰炸之下,我们还依常地度了一些日子。

母亲戴着花镜,常常一个人坐在窗下,为我缝缀着一些破了的衣什,我感泣,我没有语句可以阻止她。

"天已经黑了,留到明朝罢。"

她不理睬,索性撕掉那些窗纸——前次已经被日人的炸弹所震裂了的窗纸,继续缝缀着。

"成功了,至少还可以穿过几个冬天的。"

人世上悲哀的日子没有停止,爱的日子也正长着……

遥想着油绿的小草,该是在妻的墓畔轻轻招展的时候了。

愿春晖与弱草,织缀着墓里的一颗安息着的心。

母亲和我,不久都会返来的。

我用一生和你告别，
你用一生和我说路上小心

回声 / 李广田

不怕老祖父的竹戒尺，也还是最喜欢跟着母亲到外祖家去，这原因是为了去听琴。

外祖父是一个花白胡须的老头子，在他的书房里也有一张横琴，然而我并不喜欢这个。外祖父常像瞌睡似的俯在他那横琴上，慢慢地拨弄那些琴弦，发出如苍蝇的营营声，苍蝇，多么腻人的东西，毫无精神，叫我听了只是心烦，那简直就如同老祖父硬逼我念古书一般。我与其听这营营声，还不如到外边的篱笆上听一片枯叶的歌子更好些。那是在无意中被我发现的。一日，我从篱下过，一种奇怪的声音招呼我，那仿佛是一只蚂蚱的振翅声，又好像一只小鸟的剥啄。然而这是冬天，没有蚂蚱，也不见啄木鸟，虽然在想象中我已经看见驾着绿鞍的小虫，和穿着红裙的没尾巴小

第二章
来日并不方长,一别再无归期

鸟。那声音又似在故意逗我,一会唱唱,一会又歇歇。我费了不少时间终于寻到那个发声的机关:是篱笆上一片枯叶,在风中颤动,与枯枝磨擦而发出好听的声响,我喜欢极了,我很想告诉外祖:"放下你的,来听我的吧。"但因为要偷偷藏住这点快乐,终于也不曾告诉别人。

然而我所最喜欢的还不在此。我还是喜欢听琴——听那张长大无比的琴。

那时候我当然还没有一点地理知识。但又不知是从什么人听说过:黄河是从西天边一座深山中流来,黄荡荡如来自天上,一直泻入东边的大海,而中间呢,中间就恰好从外祖家的屋后流过。这是天地间一大奇迹,这奇迹,常常使我用心思索。黄河有多长,河堤也有多长,而外祖家的房舍就紧靠着堤身。这一带居民均占有这种便宜,不但在官地上建造房屋,而且以河堤作为后墙,故从前面看去,俨然如一排土楼,从后面看去,则只能看见一排茅檐。堤前堤后,均有极其整齐的官柳,冬夏四季,都非常好看。而这道河堤,这道从西天边伸到东天边的河堤,便是我最喜欢的一张长琴:堤身即琴身,堤上的电杆木就是琴柱,电杆木上的电线就是琴弦了。

最乐意到外祖家去,而且乐意到外祖家夜宿,就是为了听这长

我用一生和你告别，
你用一生和我说路上小心

琴的演奏。

　　只要是有风的日子，就可以听到这长琴的嗡嗡声。那声音颇难比拟，人们说那像老头子哼哼，我心里却甚难佩服。尤其当深夜时候，尤其是在冬天的夜里，睡在外祖母的床上，听着墙外的琴声简直不能入睡。冬夜的黑暗是容易使人想到许多神怪事物的，而在一个小孩子的心里却更容易遐想，这嗡嗡的琴声就作了使我遐想的序曲。我从那黄河发源地的深山，缘着琴弦，想到那黄河所倾注的大海。我猜想那山是青色的，山里有奇花异草，有珍禽怪兽；我猜想那海水是绿色的，海上满是小小白帆，水中满是翠藻银鳞。而我自己呢，仿佛觉得自己很轻，很轻，我就缘着那条琴弦飞行。我看见那条琴弦在月光中发着银光，我可以看到它的两端，却又觉得那琴弦长到无限。我渐渐有些晕眩，在晕眩中我用一个小小铁锤敲打那条琴弦，于是那琴弦就发出嗡嗡的声响。这嗡嗡的琴声就直接传到我的耳里，我仿佛飞行了很远很远，最后才发觉自己仍是躺在温暖的被里。我的想象又很自然地转到外祖父身上，我又想起外祖父的横琴，想起那横琴的腻人的营营声。这声音和河堤的长琴混合起来，我乃觉得非常麻烦，仿佛眼前有无数条乱丝搅动在一起。我的思想愈思愈乱，我看见外祖父也变了原来的样子，他变成一个雪白须眉的老人，连衣服也是白的，为月光所洗，浑身上下颤动着银色

第二章
来日并不方长，一别再无归期

的波纹。我知道这已不复是外祖，乃是一个神仙、一个妖怪，他每天夜里在河堤上敲打琴弦。我极力想把那老人的影像同外祖父分开，然而不可能，他们老是纠缠在一起。我感到恐怖。我的恐怖却又诱惑我到月夜中去，假如趁这时候一个人跑到月夜的河堤上该是怎样呢。恐怖是美丽的，然而到底还是恐怖。最后连我自己也分裂为二，我的灵魂在月光下的河堤上伫立，感到寒战，而我的身子却越发地向被下畏缩，直到蒙头裹脑睡去为止。

在这样的夜里，我会做出许多怪梦，可惜这些梦也都同过去的许多事实一样，都被我忘在模糊中了。

来到外祖家，我总爱一个人跑到河堤上，尤其每次刚刚来到的次日早晨，不管天气多么冷，也不管河堤上的北风多么凛冽，我总愿偷偷地跑到堤上，紧紧抱住电杆木，把耳朵靠在电杆上，听那最清楚的嗡嗡声。有时还故意地用力踢那电杆木，使那嗡嗡声发出一种节奏，心里觉得特别喜欢。

然而北风的寒冷总是难当的，我的手、我的脚、我的耳朵，起初是疼痛，最后是麻木，回到家里才知道已经成了冻疮，尤以脚趾肿痛得最厉害。因此，我有一整个冬季不能到外祖家去，而且也不能出门，闷在家里，我真是寂寞极了。

"为了不能到外祖家去听琴，便这样忧愁的吗？"老祖母见我郁郁不快的神色，这样子慰问我。不经慰问倒还是无事，这最知心的慰问才更唤起我的悲哀。

祖母的慈心总是值得感激的，时至现在，则可以说是值得纪念的了，因为她已完结了她最平凡的，也可以说是最悲剧的一生，升到天国去了。在当时，她曾以种种方法使我快乐，虽然她所用的方法不一定能使我快乐。

她给我说故事，给我唱谣曲，给我说黄河水灾的可怕，说老祖宗兜土为山的传说，并用竹枝草叶为我做种种玩具。亏她想得出：她又把一个小瓶悬在风中叫我听琴。

那是怎样的一个小瓶啊，那个小瓶可还存在吗，提起来倒是非常怀念了。那瓶的大小如苹果，浑圆如苹果，只是多出一个很小很厚的瓶嘴儿。颜色是纯白，材料很粗糙，并没有什么光亮的瓷釉。那种质朴老实样子，叫人疑心它是一件古物，而那东西也确实在我家传递了许多世代。老祖母从一个旧壁橱中找出这小瓶时，小心地拂拭着瓶上的尘土，以严肃的微笑告诉道："别看这小瓶不好，这却是祖上的传家宝呢。我们的老祖宗——可是也不记得是哪一位了，但愿他在天上作神仙——他是一个好心肠的医生，他用他的通神的医道救活过许多垂危的人。他曾用许多小瓶珍藏一些灵药，而这个小白瓶儿就是被传留下来的一个。"一边说着，一

第二章
来日并不方长,一别再无归期

边又显出非常惋惜的神气。我听了老祖母的话也默然无语,因为我也同样地觉得很惋惜。我想象当年一定有无数这样大小瓶儿,同样大,同样圆,同样是白色,同样是好看,可是现在就只剩着这么一个了。那些可爱的小瓶儿都分散到哪里去了呢?而且还有那些灵药,还有老祖宗的好医术呢?我简直觉得可哀了。

那时候老祖母有多大年纪,也不甚清楚,但总是五十多岁的人吧,虽然头发已经苍白,身体却还相当的康健,她不惮烦劳地为我做着种种事情。

把小白瓶拂拭洁净之后,她乃笑着对我说道:"你看,你看,这样吹,这样吹。"同时说着把瓶口对准自己的嘴唇把小瓶吹出呜呜的鸣声。我喜欢极了,当然她是更喜欢。她教我学吹,我居然也吹得响。于是她又说:"这还不算为奇,我要把它系在高杆上,北风一吹,它也会呜呜地响。这就和你在河堤上听琴是一样的了。"

她继续忙着。她向几个针线筐里乱翻,她是要找寻一条结实的麻线。她把麻线系住瓶口,又自己搬一把高大的椅子,放在一根晒衣服的高杆下面。唉,这些事情我记得多么清楚啊!她在椅子上摇摇晃晃的样子,现在叫我想起来才觉得心惊。而且那又是在冷风之中,她摇摇晃晃地立在椅子上,伸直了身子,举起了双手,把小白瓶向那晒衣杆上紧系。她把那麻绳缠一匝，又一匝，结一个疙瘩，又一个疙瘩，唯恐那小瓶被风吹落，摔碎了祖宗的宝贝。她笑着，我也笑着，却都不曾言语。我们只等把小瓶系牢之后立刻就听它发出呜呜响声。老祖母把一条长麻线完全结在上边了，她摇摇晃晃地从椅子上下来，我看出她的疲乏，我听出她的喘哮来了，然而，然而那个小瓶，在风中却没有一点声息。

我同老祖母都仰着脸望那风中的瓶儿，两人心中均觉得黯然，然而老祖母却还在安慰我："好孩子，不必发愁，今天风太小，几时刮大风，一定可以听到呜呜响了。"

以后过了许多日子，也刮过好多次老北风，然而那小白瓶还是一点不动，不发出一点声息。

现在我每逢走过电杆木，听见电杆木发出嗡嗡声时，就很自然地想起这些。现在外祖家已经衰落不堪，只剩下孤儿寡妇，一个舅母和一个表弟，在赤贫中过困苦日子，我的老祖父和祖母也都去世多年了。

第二章
来日并不方长,一别再无归期

阿长与《山海经》 / 鲁迅

长妈妈,已经说过,是一个一向带领着我的女工,说得阔气一点,就是我的保姆。我的母亲和许多别的人都这样称呼她,似乎略带些客气的意思。只有祖母叫她阿长。我平时叫她"阿妈",连"长"字也不带;但到憎恶她的时候——例如知道了谋死我那隐鼠的却是她的时候,就叫她阿长。

我们那里没有姓长的;她生得黄胖而矮,"长"也不是形容词。又不是她的名字,记得她自己说过,她的名字是叫作什么姑娘的。什么姑娘,我现在已经忘却了,总之不是长姑娘;也终于不知道她姓什么。记得她也曾告诉过我这个名称的来历:先前的先前,我家有一个女工,身材生得很高大,这就是真阿长。后来她回去了,我那什么姑娘才来补她的缺,然而大家因为叫惯了,没有再改口，于是她从此也就成为长妈妈了。

虽然背地里说人长短不是好事情，但倘使要我说句真心话，我可只得说：我实在不大佩服她。最讨厌的是常喜欢切切察察，向人们低声絮说些什么事。还竖起第二个手指，在空中上下摇动，或者点着对手或自己的鼻尖。我的家里一有些小风波，不知怎的我总疑心和这"切切察察"有些关系。又不许我走动，拔一株草，翻一块石头，就说我顽皮，要告诉我的母亲去了。一到夏天，睡觉时她又伸开两脚两手，在床中间摆成一个"大"字，挤得我没有余地翻身，久睡在一角的席子上，又已经烤得那么热。推她呢，不动；叫她呢，也不闻。

"长妈妈生得那么胖，一定很怕热吧？晚上的睡相，怕不见得很好吧？……"

母亲听到我多回诉苦之后，曾经这样地问过她。我也知道这意思是要她多给我一些空席。她不开口。但到夜里，我热得醒来的时候，却仍然看见满床摆着一个"大"字，一条臂膊还搁在我的颈子上。我想，这实在是无法可想了。

但是她懂得许多规矩；这些规矩，也大概是我所不耐烦的。一年中最高兴的时节，自然要数除夕了。辞岁之后，从长辈得到压岁钱，红纸包着，放在枕边，只要过一宵，便可以随意使用。睡在枕

第二章
来日并不方长，一别再无归期

上，看着红包，想到明天买来的小鼓、刀枪、泥人、糖菩萨……然而她进来，又将一个福橘放在床头了。

"哥儿，你牢牢记住！"她极其郑重地说，"明天是正月初一，清早一睁开眼睛，第一句话就得对我说：'阿妈，恭喜恭喜！'记得么？你要记着，这是一年的运气的事情。不许说别的话！说过之后，还得吃一点福橘。"她又拿起那橘子来在我的眼前摇了两摇，"那么，一年到头，顺顺流流……"

梦里也记得元旦的，第二天醒得特别早，一醒，就要坐起来。她却立刻伸出臂膊，一把将我按住。我惊异地看她时，只见她惶急地看着我。

她又有所要求似的，摇着我的肩。我忽而记得了——

"阿妈，恭喜……"

"恭喜恭喜！大家恭喜！真聪明！恭喜恭喜！"她于是十分欢喜似的，笑将起来，同时将一点冰冷的东西，塞在我的嘴里。我大吃一惊之后，也就忽而记得，这就是所谓福橘，元旦辟头的磨难，总算已经受完，可以下床玩耍去了。

她教给我的道理还很多，例如说人死了，不该说死掉，必须说"老掉了"；死了人，生了孩子的屋子里，不应该走进去；饭粒落在地上，必须拣起来，最好是吃下去；晒裤子用的竹竿底下，是万不可钻过去的……此外,现在大抵忘却了,只有元旦的古怪仪式记得最清楚。总之,都是些烦琐之至,至今想起来还觉得非常麻烦的事情。

然而我有一时也对她发生过空前的敬意。她常常对我讲"长毛"。她之所谓"长毛"者,不但洪秀全军,似乎连后来一切土匪强盗都在内,但除却革命党,因为那时还没有。她说的长毛非常可怕,他们的话就听不懂。她说先前长毛进城的时候,我家全都逃到海边去了,只留一个门房和年老的煮饭老妈子看家。后来长毛果然进门来了,那老妈子便叫他们"大王",——据说对长毛就应该这样叫——诉说自己的饥饿。长毛笑道:"那么,这东西就给你吃了吧!"将一个圆圆的东西掷了过来,还带着一条小辫子,正是那门房的头。煮饭老妈子从此就骇破了胆,后来一提起,还是立刻面如土色,自己轻轻地拍着胸脯道:"阿呀,骇死我了,骇死我了……"

我那时似乎倒并不怕,因为我觉得这些事和我毫不相干的,我不是一个门房。但她大概也即觉到了,说道:"像你似的小孩子,长毛也要掳的,掳去做小长毛。还有好看的姑娘,也要掳。"

"那么,你是不要紧的。"我以为她一定最安全了,既不做门房,又不是小孩子,也生得不好看,况且颈子上还有许多炙

第二章
来日并不方长，一别再无归期

疮疤。

"哪里的话？！"她严肃地说，"我们就没有用处？我们也要被掳去。城外有兵来攻的时候，长毛就叫我们脱下裤子，一排一排地站在城墙上，外面的大炮就放不出来；再要放，就炸了！"

这实在是出于我意想之外的，不能不惊异。我一向只以为她满肚子是麻烦的礼节罢了，却不料她还有这样伟大的神力。从此对于她就有了特别的敬意，似乎实在深不可测；夜间的伸开手脚，占领全床，那当然是情有可原的了，倒应该我退让。

这种敬意，虽然也逐渐淡薄起来，但完全消失，大概是在知道她谋害了我的隐鼠之后。那时就极严重地诘问，而且当面叫她阿长。我想我又不真做小长毛，不去攻城，也不放炮，更不怕炮炸，我惧惮她什么呢！

但当我哀悼隐鼠，给它复仇的时候，一面又在渴慕着绘图的《山海经》了。这渴慕是从一个远房的叔祖惹起来的。他是一个胖胖的、和蔼的老人，爱种一点花木，如珠兰、茉莉之类，还有极其少见的，据说从北边带回去的马缨花。他的人人却正相反，什么也莫名其妙，曾将晒衣服的竹竿搁在珠兰的枝条上，枝折了，还要愤愤地咒骂道："死尸！"这老人是个寂寞者，因为无人可谈，就很爱和孩子们往来，有时简直称我们为"小友"。在我们聚族而居的宅子里，只有他书多，而且特别。制艺和试帖诗，自然也是有的；但我却只在他的书斋里，看见过陆玑的《毛诗草木鸟兽虫鱼疏》，还有许多名目很生的书籍。我那时最爱看的是《花镜》，上面有许多图。他说给我听，曾经有过一部绘图的《山海经》，画着人面的兽，九头的蛇，三脚的鸟，生着翅膀的人，没有头而以两乳当作眼睛的怪物……可惜现在不知道放在哪里了。

我很愿意看看这样的图画，但不好意思力逼他去寻找，他是很疏懒的。问别人呢，谁也不肯真实地回答我。压岁钱还有几百文，买吧，又没有好机会。有书买的大街离我家远得很，我一年中只能在正月间去玩一趟，那时候，两家书店都紧紧地关着门。

玩的时候倒是没有什么的，但一坐下，我就记得绘图的《山海经》。

大概是太过于念念不忘了，连阿长也来问《山海经》是怎么一回事。这是我向来没有和她说过的，我知道她并非学者，说了也无益；但既然来问，也就都对她说了。

过了十多天，或者一个月吧，我还记得，是她告假回家以后的四五天，她穿着新的蓝布衫回来了，一见面，就将一包书递给我，高兴地说道：

"哥儿，有画儿的'三哼经'，我给你买来了！"

第二章
来日并不方长，一别再无归期

我似乎遇着了一个霹雳，全体都震悚起来；赶紧去接过来，打开纸包，是四本小小的书，略略一翻，人面的兽，九头的蛇……果然都在内。

这又使我发生新的敬意了，别人不肯做，或不能做的事，她却能够做成功。她确有伟大的神力。谋害隐鼠的怨恨，从此完全消灭了。

这四本书，乃是我最初得到，最为心爱的宝书。

书的模样，到现在还在眼前。可是从还在眼前的模样来说，却是一部刻印都十分粗拙的本子。纸张很黄；图像也很坏，甚至于几乎全用直线凑合，连动物的眼睛也都是长方形的。但那是我最为心爱的宝书，看起来，确是人面的兽；九头的蛇；一脚的牛；袋子似的帝江；没有头而"以乳为目，以脐为口"，还要"执干戚而舞"的刑天。

此后我就更其搜集绘图的书，于是有了石印的《尔雅音图》和《毛诗品物图考》，又有了《点石斋丛画》和《诗画舫》。《山海经》也另买了一部石印的，每卷都有图赞，绿色的画，字是红的，比那木刻的精致得多了。这一部直到前年还在，是缩印的郝懿行疏。木刻的却已经记不清是什么时候失掉了。

我的保姆，长妈妈即阿长，辞了这人世，大概也有了三十年了

我用一生和你告别,
　你用一生和我说路上小心

吧。我终于不知道她的姓名、她的经历,仅知道有一个过继的儿子,她大约是青年守寡的孤孀。

　　仁厚黑暗的地母呵,愿在你怀里永安她的魂灵!

第二章
来日并不方长,一别再无归期

投荒者 / 李广田

哥哥从小便生得瘦弱。有一只眼睛是斜着的,这眼睛也生得特别细小,因此看东西时,常是把脑袋斜着。在当时,就曾经被村里的孩子们嗤笑过,说这样的脸貌颇有几分呆相。长大后,他依然是那样,我常从他那只斜而小的眼睛上回忆起童年的影子来。

当我还未曾学着识字时,哥哥便已读了《孟子》《论语》之类,同时也读着《买卖杂字》。大概,在那时候父亲已给哥哥把职业决定了。冬天晚上,坐在炉炕的菜油灯下,我曾和哥哥伴读。关于书里的事情,我什么也记不起来,仿佛还记得一点影子的,是他把一本小书紧凑在一只眼睛上的那样子。他又常把眼睛紧盯着一个方向,紧盯着,好像在沉思着什么。他非常驯良。

天气暖和的时候,我常随着哥哥到野外去。

我用一生和你告别，
你用一生和我说路上小心

  我们的野外很可爱，软软的大道上，生着浅草，道旁，遍植了榆柳或青杨。春天来，是满飞着桃花，夏天，到处是桃子的香气。那时，村里的姑娘们多守在她们的桃园里做着针黹；男孩子们在草地上牧牛，或是携了柳筐在田地里剜些野菜。当我同哥哥也牵了自家的母牛到这田野的草地来时，我每是在路上跳着，跑着，在草地上打着滚身，或是放开嗓子唱着村歌。很奇怪，不管我怎样，哥哥却常是沉默着，"哥哥是大人，所以便不得不装着沉默的吗？"曾这样想。

  有一天，我又同哥哥在野外"看风景"了——"看风景"是哥哥的文话——他忽然问我：

  "告诉我，你将来打算干什么？"

  我不加思索地：

  "我？——也要读书吧。"这样答。

  "难道，你还能读书到老吗？"又问。

  不曾想到过所谓"将来"的我，这问题是回答不出的，只见孩子们长大起来便读书，所以就率尔而对了。

  "那么，哥哥要干些什么呢？"

  自己这样反问着哥哥，觉得很妙，而且期待着他的回答。

  但他又沉默着了，好像在思索着什么，永不曾回答我。他把脑

第二章
来日并不方长，一别再无归期

袋仰着，眼睛紧盯着远方，紧盯着。我不知道他的目标是什么，只看见，好像连脚跟也要抬了起来，就如一只将要飞去的小鸟，紧张着翅膀。他那只斜而小的眼睛几乎完全闭住了。展在面前的是广漠的绿野，在一列远树的后面垂下了淡青色的天幕。

同哥哥离开的时候，也就是我离开了童年的时候。我到远方的一个省城里入了中学，哥哥到县城的小商店里作学徒去了。两年之后的一个暑假，我从省城回家的途中，经过县城到哥哥的小商店去。

哥哥的小商店住在一条并不热闹的街巷中。从商店的外面看，是罗列了各色各样的布匹，里面却乱堆着很多的杂货。门面还较宽敞，里边就太窄狭了，火柴、煤油、葱蒜、纸张之类的混合气息，令人感到闷塞。哥哥而外，还有两个人物，此刻已想不起他们是什么样子。只记得他们的衣服，都同他们的木柜台是同样污秽、油腻。在一个黑暗的角落里，一张歪拗了的小桌，桌上放着笔墨账簿之类，那是哥哥的地位。外面的街巷狭得像条缝，从哥哥的位上看不见一线天空。

"啊，岑，两年不见，真是长大了不少呢。"

哥哥一见我，暂时显出了惊喜的样子，慌着招顾我，说了这话。此外，他还说了些什么呢？我完全不记得了，好像他当时并

我用一生和你告别，
你用一生和我说路上小心

不曾说些什么，他还是那样沉默，甚且，比从前变得更沉默了，只是那一大一小的眼睛里，依然是藏着什么秘密似的，放着幽凄的光。

"哥哥，商店的生活可还好吗？"

为要提起话题，我这样问。

"没有什么，做着这样的事也只是不得已罢了。"

"那么，这样的生活要干到几时为止呢？"我又问。

显然地，这一问是没有下文的了，他又沉默着，像在沉思着什么。这时，我才注意到哥哥的脸色，这使我非常惊愕。我忽然觉得他不是我的哥哥，而是一个过路的陌生人，或是一个从远道归来的旅行者了。他的声音，虽然更低微了些，还没有多大变化，他的面貌却变得太厉害。暗紫色的薄唇，深陷的眼睛，那一只小而斜的眼睛，也显得更斜更小了，高耸的两颊上没有血色，眉间也有了几道皱纹，满脸上似是罩了一层暗影。啊，这就是我的哥哥吗？我越仔细看，越觉得奇异，而且，在我的眼前他还继续变着。很久的时间，我们没有说话。忽然，他被一阵剧烈的咳嗽所苦，那样忍不住而又不得不强抑着的咳声，表示出他的内部的痛苦。他又不断地向地下吐唾，咳嗽停止后，他目不转睛地望着地面，我也随了他的视

第二章
来日并不方长,一别再无归期

线俯下去看时,——啊,不是痰,是血!

原来哥哥在这小商店里,终日只是伏在那一个黑暗的小角落里,和那一张污秽的桌子作对,身体原就生得纤弱,而年来又过着这囚徒似的生活,这大概就是致病的原因了。后来,我又同哥哥谈起些琐细的事情,也谈到些家乡的情形,但他只是很不关切地应和着,并说,商店不好家乡也不好,仿佛世界上并没有他的去处似的,他沉着脸,低声叹息。临别的时候,又对我这样说:

"岑,要苦苦地用功才好,将来也可在外边做出点新鲜事业;像我这样,怕是没有什么成就的了。"

为厄运所迫,不曾等到中学毕业,我便离开我的学校生活了。这以后,便是南北流转,过着浪人的日子。虽然有时候也还想起些家乡的事来,但一个人放浪既久,终日在打算着逃出命运的摆布,梦想着些虚无的事物时,家乡的影子也就益显得模糊了,关于哥哥的事情也就忘在了一边。计算起来,这样的日子又过了三年之久,不知是被什么所驱遣,我竟住脚在这一座古城里,且又混迹在大学里,自己每觉得是一件不可思议的事。

某日的上午,是将近十点的时候,忽然从门缝里掷进一封信

我用一生和你告别，
你用一生和我说路上小心

来，我很惊异，一看那信上的字迹，便知道是哥哥的手笔，发信的地点是济南的一个旅馆：

岑弟……路过济南府，碰到你的同窗王君了，他说你现住在北京城，又说你在大学堂念书，我听了很喜欢。明天，我就到北京城，因为带着女人孩子，怕不能下车去说话，顶好是你能于十二点钟前到西直门车站去见见面，见面时，我好把我的打算告诉你。

兄岭字

第二页：

还是先把我的打算和你说了吧，免得到车站上慌张，没了说话的工夫。

我打算到西北边塞去，到那边去种地，这是我早就想干的事业了。那边荒地很多，地价又廉，在那边干它个三五年，总可以买到几十顷荒地，也想把家乡的穷人们领去干干呢。咱家乡的事情，还是多少年前那老样子，我不愿意再在家乡干事了，临走的时候，爹和娘都哭着留我，都嫌西北边塞太远，叫我死了这口气，可是，我已经把一个很好的盼头放在老人们的眼前了，爹和娘也就忍着泪把

第二章
来日并不方长,一别再无归期

我送走了。

明日,我们就见面;再过几日,我就到达西北边塞了。

岭又及

把两页信重读一过,我的心跳得厉害。浮在我的眼前的是多少年前的哥哥那脸相,但哥哥却不是在那暗黑的小商店里,而是在一片无边的荒野里了,那里是遍地林莽,风云异色。仿佛只有哥哥一人,拿了一件笨重的农具在那里操作。忽然挂钟敲了一下,十一点半了,我好像梦中醒来似的,急忙出门到车站去。

到西直门车站时,车已进站了,我在人丛中挤来挤去。费了很多工夫,才找着哥哥。虽然面貌更清瘦了些,但不再像从前那样阴暗了,且用了一个微笑望我。我在人丛中挤到车门口,大家都探着身子,却不能好好地握手,在人丛中我又看见了嫂嫂。

嫂嫂变得苍老了,依旧穿着在故乡时所穿的那老式衣裳,把大孩子抱在椅子上,小孩子抱在怀里,笑着,指我说:

"看,快看,那不是叔叔。"

两对小眼睛向我盯着,呆了。我正想同两个小孩子打招呼时,哥哥又在人丛中指着一个乘客说:

"这是高先生,到西北去的同伴。"

我用一生和你告别，
你用一生和我说路上小心

话犹未了，就响了汽号，车上的人都摇动着，车要开了。这时候，哥哥从嫂嫂手里接过一个钱褡来，并递给我，说：

"路上带钱不多，就先拿这些去用吧，连这钱褡；到西北后，有钱再寄来。"

我在慌乱中接过那钱褡，又在慌乱中从车里挤了出来，立在站台上刚喘过一口气，车便开了，还看见哥哥那清瘦的脸，在用了微笑回望我。我在站台上伫立着，望着那列车的驶去，听着那远去了的匆匆的轮声，从车头上喷在空际的灰白的烟也渐渐地淡薄而完全消逝了。

一个月过去，不见信来。哥哥可曾到达了目的地吗？两个月过去，依然不见信来，莫不是哥哥在那里忙着开垦的事业，就无暇写信吗？三个月过去了，我非常担心，难道哥哥又犯了旧病吗？想起哥哥在小商店里吐血的那情形来，不禁觉得凄然。正想写信到故乡的家中探问时，西北的快信寄来了，但一看那信封，便知道不是哥哥的手笔。发信的地点是包头镇的一个旅店，信写得颇长，也很错乱，但其中的意思是很明白的。啊，哥哥，哥哥，谁料在车站的匆匆一见，便是我们的永别呢！

到了执笔的现在，差不多又是三年之后了，哥哥的遗骸依然寄

第二章
来日并不方长，一别再无归期

葬在包头镇附近的一座荒山上。每当凄风苦雨，或是为寂寞所苦时，就常想起哥哥的那副沉思的脸来，不知怎地，仿佛到了现在对于他那样的"沉思"才稍有一点了解似的，益觉得可哀。而使我更不能忘怀的，是哥哥那未能着手的开垦事业，且也更觉得那是一桩很值得冒险的事业了。

第三章 幸好思念无声，否则震耳欲聋

第三章
幸好思念无声，否则震耳欲聋

忆儿时 / 丰子恺

一

我回忆儿时，有三件不能忘却的事。

第一件是养蚕。那是我五六岁时，我祖母在日的事。我祖母是一个豪爽而善于享乐的人，良辰佳节不肯轻轻放过。养蚕也每年大规模地举行。其实，我长大后才晓得，祖母的养蚕并非专为图利，叶贵的年头常要蚀本，然而她喜欢这暮春的点缀，故每年大规模地举行。我所喜欢的，最初是蚕落地铺。那时我们的三开间的厅上、地上统是蚕，架着经纬的跳板，以便通行及饲叶。蒋五伯挑了担到地里去采叶，我与诸姐跟了去，去吃桑葚。蚕落地铺的时候,桑葚已很紫而甜了,比杨梅好吃得多。我们吃饱之后,又用一张大叶做一只碗,采了一碗桑葚,跟了蒋五伯回来。蒋五伯饲蚕,我就以走跳板为戏乐,常常失足翻落地铺里,压死许多蚕宝宝,祖母忙喊蒋五伯抱我起来,不许我再走。然而这满屋的跳板,像棋盘街一样,又很低,走起来一点也不怕,真是有趣。这真是一年一度的难得的乐事!所以虽然祖母禁止,我总是每天要去走。

蚕上山之后,全家静默守护,那时不许小孩子们吵了,我暂时感到沉闷。然而过了几天,采茧、做丝,热闹的空气又浓起来了。我们每年照例请牛桥头七娘娘来做丝。蒋五伯每天买枇杷和软糕来给采茧、做丝、烧火的人吃。大家认为现在是辛苦而有希望的时候,应该享受这点心,都不客气地取食。我也无功受禄地天天吃多量的枇杷与软糕,这又是乐事。

七娘娘做丝休息的时候,捧了水烟筒,伸出她左手上的短少半段的小指给我看,对我说:做丝的时候,丝车后面是万万不可走近去的。她的小指,便是小时候不留心被丝车轴棒轧脱的。她又说:"小囡囡不可走近丝车后面去,只管坐在我身旁,吃枇杷,吃软糕。还有做丝做出来的蚕蛹,叫妈妈油炒一炒,真好吃哩!"然而我始终不要吃蚕蛹,大概是我爸爸和诸姐都不要吃的原故。我所乐的,只是那时候家里的非常的空气。日常固定不动的堂窗、长

第三章
幸好思念无声，否则震耳欲聋

台、八仙椅子，都收拾去，而变成不常见的丝车、匾、缸。又不断地公然地可以吃小食。

丝做好后，蒋五伯口中唱着"要吃枇杷，来年蚕罢"，收拾丝车，恢复一切陈设。我感到一种兴尽的寂寥。然而对于这种变换，倒也觉得新奇而有趣。

现在我回忆这儿时的事，常常使我神往！祖母、蒋五伯、七娘娘和诸姐都像童话里、戏剧里的人物了。且在我看来，他们当时这剧的主人公便是我。何等甜美的回忆！只是这剧的题材，现在我仔细想想觉得不好：养蚕做丝，在生计上原是幸福的，然其本身是数万的生灵的杀虐！《西青散记》里面有两句仙人的诗句："自织藕丝衫子嫩，可怜辛苦赦春蚕。"安得人间也发明织藕丝的丝车，而尽赦天下的春蚕的性命！

我七岁上祖母死了，我家不复养蚕。不久父亲与诸姐弟相继死亡，家道衰落了，我的幸福的儿时也过去了。因此这回忆一面使我永远神往，一面又使我永远忏悔。

二

第二件不能忘却的事，是父亲的中秋赏月，而赏月之乐的中

我用一生和你告别，
你用一生和我说路上小心

心，在于吃蟹。

我的父亲中了举人之后，科举就废，他无事在家，每天吃酒、看书。他不要吃羊、牛、猪肉，而喜欢吃鱼、虾之类。而对于蟹，尤其喜欢。自七八月起直到冬天，父亲平日的晚酌规定吃一只蟹、一碗隔壁豆腐店里买来的开锅热豆腐干。他的晚酌，时间总在黄昏。八仙桌上一盏洋油灯、一把紫砂酒壶、一只盛热豆腐干的碎磁盖碗、一把水烟筒、一本书，桌子角上一只端坐的老猫，我脑中这印象非常深刻，到现在还可以清楚地浮现出来。我在旁边看，有时他给我一只蟹脚或半块豆腐干。然我喜欢蟹脚。蟹的味道真好，我们五个姊妹兄弟都喜欢吃，也是为了父亲喜欢吃的原故。只有母亲与我们相反，喜欢吃肉，而不喜欢又不会吃蟹，吃的时候常常被蟹螯上的刺刺开手指，出血；而且抉剔得很不干净，父亲常常说她是外行。父亲说：吃蟹是风雅的事，吃法也要内行才懂得。先折蟹脚，后开蟹斗……脚上的拳头（即关节）里的肉怎样可以吃干净，脐里的肉怎样可以剔出……脚爪可以当作剔肉的针……蟹螯上的骨头可拼成一只很好看的蝴蝶……父亲吃蟹真是内行，吃得非常干净。所以陈妈妈说："老爷吃下来的蟹壳，真是蟹壳。"

蟹的储藏所，就在天井角落里的缸里，经常总养着十来只。到了七夕、七月半、中秋、重阳等节候上，缸里的蟹就满了，那时

第三章
幸好思念无声，否则震耳欲聋

我们都有得吃，而且每人得吃一大只，或一只半。尤其是中秋一天，兴致更浓。在深黄昏，移桌子到隔壁的白场上的月光下面去吃。更深人静，明月底下只有我们一家的人，恰好围成一桌，此外只有一个供差使的红英坐在旁边。大家谈笑，看月亮，他们——父亲和诸姐——直到月落时光，我则半途睡去，与父亲和诸姐不分而散。

这原是为了父亲嗜蟹，以吃蟹为中心而举行的。故这种夜宴，不仅限于中秋，有蟹的节季里的月夜，无端也要举行数次。不过不是良辰佳节，我们少吃一点，有时两人分吃一只。我们都学父亲，剥得很精细，剥出来的肉不是立刻吃的，都积受在蟹斗里，剥完之后，放一点姜醋，拌一拌，就作为下饭的菜，此外没有别的菜了。因为父亲吃菜是很省的，而且他说蟹是至味，吃蟹时混吃别的菜肴，是乏味的。我们也学他，半蟹斗的蟹肉，过两碗饭还有余，就可得父亲的称赞，又可以白口吃下余多的蟹肉，所以大家都勉力节省。现在回想那时候，半条蟹腿肉要过两大口饭，这滋味真好！自父亲死了以后，我不曾再尝这种好滋味。现在，我已经自己做父亲，况且已经茹素，当然永远不会再尝这滋味了。唉！儿时欢乐，何等使我神往！

然而这一剧的题材，仍是生灵的杀虐！因此这回忆一面使我永远神往，一面又使我永远忏悔。

三

第三件不能忘却的事，是与隔壁豆腐店里的王囡囡的交游，而这交游的中心，在于钓鱼。

那是我十二三岁时的事，隔壁豆腐店里的王囡囡是当时我的小侣伴中的大阿哥。他是独子，他的母亲、祖母和大伯，都很疼爱他，给他很多的钱和玩具，而且每天放任他在外游玩。他家与我家贴邻而居。我家的人们每天赴市，必须经过他家的豆腐店的门口，两家的人们朝夕相见，互相来往。小孩们也朝夕相见，互相来往。此外他家对于我家似乎还有一种邻人以上的深切的交谊，故他家的人对于我特别要好，他的祖母常常拿自产的豆腐干、豆腐衣等来送给我父亲下酒。同时在小侣伴中，王囡囡也特别和我要好。他的年纪比我大，气力比我好，生活比我丰富，我们一道游玩的时候，他时时引导我，照顾我，犹似长兄对于幼弟。我们有时就在我家的染坊店里的榻上玩耍，有时相偕出游。他的祖母每次看见我俩一同玩耍，必叮嘱囡囡好好看待我，勿要相骂。我听人说，他家似乎曾经患难，而我父亲曾经帮他们忙，所以他家大人们吩咐王囡囡

第三章
幸好思念无声，否则震耳欲聋

照应我。

我起初不会钓鱼，是王囡囡教我的。他叫他大伯买两副钓竿，一副送我，一副他自己用。他到米桶里去捉许多米虫，浸在盛水的罐头里，领了我到木场桥头去钓鱼。他教给我看，先捉起一个米虫来，把钓钩由虫尾穿进，直穿到头部，然后放下水去。他又说："浮珠一动，你要立刻拉，那么钩子钩住鱼的颚，鱼就逃不脱。"我照他所教的试验，果然第一天钓了十几头白条，然而都是他帮我拉钓竿的。

第二天，他手里拿了半罐头扑杀的苍蝇，又来约我去钓鱼。途中他对我说："不一定是米虫，用苍蝇钓鱼更好。鱼喜欢吃苍蝇！"这一天我们钓了一小桶各种的鱼。回家的时候，他把鱼桶送到我家里，说他不要。我母亲就叫红英去煎一煎，给我下晚饭。

自此以后，我只管欢喜钓鱼。不一定要王囡囡陪去，自己一人也去钓，又学得了掘蚯蚓来钓鱼的方法。而且钓来的鱼，不仅够自己下晚饭，还可送给店里的人吃，或给猫吃。我记得这时候我的热心钓鱼，不仅出于游戏欲，又有几分功利的兴味在内。有三四个夏季，我热心于钓鱼，给母亲省了不少的菜蔬钱。

后来我长大了，赴他乡入学，不复有钓鱼的工夫。但在书中常常读到赞咏钓鱼的文句，例如什么"独钓寒江雪"，什么"渔樵度

我用一生和你告别,
你用一生和我说路上小心

此身",才知道钓鱼原来是很风雅的事。后来又晓得有所谓"游钓之地"的美名称,是形容人的故乡的。我大受其煽惑,为之大发牢骚:我想"钓鱼确是雅的,我的故乡,确是我的游钓之地,确是可怀的故乡"。但是现在想想,不幸而这题材也是生灵的杀虐!

我的黄金时代很短,可怀念的又只有这三件事。不幸而都是杀生取乐,都使我永远忏悔。

第三章
幸好思念无声，否则震耳欲聋

我的母亲 / 胡适

我小时候身体弱，不能跟着野蛮的孩子们一块儿玩。我母亲也不准我和他们乱跑乱跳。小时不曾养成活泼游戏的习惯，无论在什么地方，我总是文绉绉的。所以家乡老辈都说我"像个先生样子"，遂叫我做"穈先生"。这个绰号叫出去之后，人都知道三先生的小儿子叫做穈先生了。既有"先生"之名，我不能不装出点"先生"样子，更不能跟着顽童们"野"了。有一天，我在我家八字门口和一班孩子"掷铜钱"，一位老辈走过，见了我，笑道："穈先生也掷铜钱吗？"我听了羞愧得面红耳热，觉得大失了"先生"的身份！

大人们鼓励我装先生样子，我也没有嬉戏的能力和习惯，又因为我确是喜欢看书，故我一生可算是不曾享过儿童游戏的生活。每

> 我用一生和你告别,
> 　你用一生和我说路上小心

年秋天,我的庶祖母同我到田里去"监割"(顶好的田,水旱无忧,收成最好,佃户每约田主来监割,打下谷子,两家平分),我总是坐在小树下看小说。十一二岁时,我稍活泼一点,居然和一群同学组织了一个戏剧班,做了一些木刀竹枪,借得了几副假胡须,就在村口田里做戏。我做的往往是诸葛亮、刘备一类的文角儿;只有一次我做史文恭,被花荣一箭从椅子上射倒下去,这算是我最活泼的玩艺儿了。

我在这九年(一八九五年至一九〇四年)之中,只学得了读书写字两件事。在文字和思想的方面,不能不算是打了一点底子。但别的方面都没有发展的机会。有一次我们村"当朋"(八都凡五村,称为"五朋",每年一村轮着做太子会,名为"当朋")筹备太子会,有人提议要派我加入前村的昆腔队里学习吹笙或吹笛。族里长辈反对,说我年纪太小,不能跟着太子会走遍五朋。于是我便失掉了这学习音乐的唯一机会。三十年来,我不曾拿过乐器,也全不懂音乐;究竟我有没有一点学音乐的天资,我至今还不知道。至于学图画,更是不可能的事。我常常用竹纸蒙在小说书的石印绘像上,摹画书上的英雄美人。有一天,被先生看见了,挨了一顿大骂,抽屉里的图画都被搜出撕毁了。于是我又失掉了学做画家的机会。

第三章
幸好思念无声，否则震耳欲聋

但这九年的生活，除了读书看书之外，究竟给了我一点做人的训练。在这一点上，我的恩师便是我的慈母。

每天天刚亮时，我母亲就把我喊醒，叫我披衣坐起。我从不知道她醒来坐了多久了。她看我清醒了，便对我说昨天我做错了什么事，说错了什么话，要我认错，要我用功读书。有时候她对我说父亲的种种好处，她说："你总要踏上你老子的脚步。我一生只晓得这一个完全的人，你要学他，不要跌他的股。"（跌股便是丢脸，出丑。）她说到伤心处，往往掉下泪来。到天大明时，她才把我的衣服穿好，催我去上早学。学堂门上的锁匙放在先生家里；我先到学堂门口一望，便跑到先生家里去敲门。先生家里有人把锁匙从门缝里递出来，我拿了跑回去，开了门，坐下念生书，十天之中，总有八九天我是第一个去开学堂门的。等到先生来了，我背了生书，才回家吃早饭。

我母亲管束我最严，她是慈母兼任严父。但她从来不在别人面前骂我一句，打我一下。我做错了事，她只对我一望，我看见了她的严厉眼光，便吓住了。犯的事小，她等到第二天早晨我睡醒时才教训我。犯的事大，她等到晚上人静时，关了房门，先责备我，然后行罚，或罚跪，或拧我的肉。无论怎样重罚，总不许我哭出声音来。她教训儿子不是借此出气叫别人听的。

我用一生和你告别，
　　你用一生和我说路上小心

　　有一个初秋的傍晚，我吃了晚饭，在门口玩，身上只穿着一件单背心。这时候我母亲的妹子玉英姨母在我家住，她怕我冷了，拿了一件小衫出来叫我穿上。我不肯穿，她说："穿上吧，凉了。"我随口回答："娘（凉）什么！老子都不老子呀。"我刚说了这句话，一抬头，看见母亲从家里走出，我赶快把小衫穿上。但她已听见这句轻薄的话了。晚上人静后，她罚我跪下，重重地责罚了一顿。她说："你没了老子，是多么得意的事！好用来说嘴！"她气得坐着发抖，也不许我上床去睡。我跪着哭，用手擦眼泪，不知擦进了什么微菌，后来足足害了一年多的眼翳病。医来医去，总医不好。我母亲心里又悔又急，听说眼翳可以用舌头舔去，有一夜她把我叫醒，她真用舌头舔我的病眼。这是我的严师，我的慈母。

　　我母亲二十三岁做了寡妇，又是当家的后母。这种生活的痛苦，我的笨笔写不出一万分之一二。家中财政本不宽裕，全靠二哥在上海经营调度。大哥从小就是败子，吸鸦片烟，赌博，钱到手就光，光了就回家打主意，见了香炉就拿出去卖，捞着锡茶壶就拿出去押。我母亲几次邀了本家长辈来，给他定下每月用费的数目。但他总不够用，到处都欠下烟债赌债。每年除夕我家中总有一大群讨债的，每人一盏灯笼，坐在大厅上不肯去。大哥早已避出去了。大

第三章
幸好思念无声，否则震耳欲聋

厅的两排椅子上满满的都是灯笼和债主。我母亲走进走出，料理年夜饭，谢灶神，压岁钱等事，只当作不曾看见这一群人。到了近半夜，快要"封门"了，我母亲才走后门出去，央一位邻舍本家到我家来，每一家债户开发一点钱。做好做歹的，这一群讨债的才一个一个提着灯笼走出去。一会，大哥敲门回来了。我母亲从不骂他一句。并且因为是新年，她脸上从不露出一点怒色。这样的过年，我过了六七次。

大嫂是个最无能而又最不懂事的人，二嫂是个很能干而气量很窄小的人。她们常常闹意见，只因为我母亲的和气榜样，她们还不曾有公然相骂相打的事。她们闹气时，只是不说话，不答话，把脸放下来，叫人难看；二嫂生气时，脸色变青，更是怕人。她们对我母亲闹气时，也是如此。我起初全不懂得这一套，后来也渐渐懂得看人的脸色了。我渐渐明白，世间最可恶的事莫如一张生气的脸；世间最下流的事莫如把生气的脸摆给旁人看，这比打骂还难受。

我母亲的气量大，性子好，又因为做了后母后婆，她更事事留心，事事格外容忍。大哥的女儿比我只小一岁，她的饮食衣料总是和我的一样。我和她有小争执，总是我吃亏，母亲总是责备我，要我事事让她。后来大嫂二嫂都生了儿子了，她们生气时便打骂孩子

我用一生和你告别，
你用一生和我说路上小心

来出气，一面打，一面用尖刻有刺的话骂给别人听。我母亲只装作没听见。有时候，她实在忍不住了，便悄悄走出门去，或到左邻立大嫂家去坐一会，或走后门到后邻度嫂家去闲谈。她从不和两个嫂子吵一句嘴。

每个嫂子一生气，往往十天半个月不歇，天天走进走出，板着脸，咬着嘴，打骂小孩子出气。我母亲只忍耐着，忍到实在不可再忍的一天，她也有她的法子。这一天的天明时，她就不起床，轻轻地哭一场。她不骂一个人，只哭她的丈夫，哭她自己命苦，留不住她丈夫来照管她。她刚哭时，声音很低，渐渐哭出声来。我醒了起来劝她，她不肯住。这时候，我总听得见前堂（二嫂住前堂东房）或后堂（大嫂住后堂西房）有一扇门开了，一个嫂子走出房向厨房走去。不多一会，那位嫂子来敲我们的房门了。我开了房门，她走进来，捧着一碗热茶，送到我母亲床前，劝她止哭，请她喝口热茶。我母亲慢慢止住哭声，伸手接了茶碗。那位嫂子站着劝一会，才退出去。没有一句话提到什么人，也没有一个字提到这十天半个月来的气脸，然而各人心里明白，泡茶进来的嫂子总是那十天半个月来闹气的人。奇怪得很，这一哭之后，至少有一两个月的太平清净日子。

我母亲待人最仁慈，最温和，从来没有一句伤人感情的话。但

第三章
幸好思念无声，否则震耳欲聋

她有时候也很有刚气，不受一点人格上的侮辱。我家五叔是个无正业的浪人，有一天在烟馆里发牢骚，说我母亲家中有事总请某人帮忙，大概总有什么好处给他。这句话传到了我母亲耳朵里，她气得大哭，请了几位本家来，把五叔喊来，她当面质问他，她给了某人什么好处。直到五叔当众认错赔罪，她才罢休。

我在我母亲的教训之下住了九年，受了她的极大极深的影响。我十四岁（其实只有十二岁零两三个月）便离开她了，在这广漠的人海里独自混了二十多年，没有一个人管束过我。如果我学得了一丝一毫的好脾气，如果我学得了一点点待人接物的和气，如果我能宽恕人、体谅人——我都得感谢我的慈母。

我用一生和你告别，
你用一生和我说路上小心

万物之母 / 许地山

在这经过离乱的村里，荒屋破篱之间，每日只有几缕零零落落的炊烟冒上来；那人口的稀少可想而知。你一进到无论哪个村里，最喜欢遇见的，是不是村童在阡陌间或园圃中跳来跳去；或走在你的前头，或随着你步后模仿你的行动？村里若没有孩子们，就不成村落了。在这经过离乱的村里，不但没有孩子，而且有人向你要求孩子！

这里住着一个不满三十岁的寡妇，一见人来，便要求，说："善心善行的人，求你对那位总爷说，把我的儿子给回。那穿虎纹衣服、戴虎儿帽的便是我的儿子。"

她的儿子被乱兵杀死已经多年了。她从不会忘记：总爷把无情的剑拔出来的时候，那穿虎纹衣服的可怜儿还用双手招着，要她搂

第三章
幸好思念无声，否则震耳欲聋

抱。她要跑去接的时候，她的精神已和黄昏的霞光一同麻痹而熟睡了。唉，最惨的事岂不是人把寡妇怀里的独生子夺过去，且在她面前害死吗？要她在醒后把这事完全藏在她记忆的多宝箱里，可以说，比剖芥子来藏须弥还难。

她的屋里排列了许多零碎的东西，当时她儿子玩过的小团也在其中。在黄昏时候，她每把各样东西抱在怀里说："我的儿，母亲岂有不救你，不保护你的？你现在在我怀里咧。不要作声，看一会人来又把你夺去。"可是一过了黄昏，她就立刻醒悟过来，知道那所抱的不是她的儿子。

那天，她又出来找她的"命"。月的光明蒙着她，使她在不知不觉间进入村后的山里。那座山，就是白天也少有人敢进去，何况在盛夏的夜间，杂草把樵人的小径封得那么严！她一点也不害怕，攀着小树，缘着茑萝，慢慢地上去。

她坐在一块大石上歇息，无意中给她听见了一两声的儿啼。她不及判别，便说："我的儿，你藏在这里么？我来了，不要哭啦。"

她从大石上下来，随着声音的来处，爬入石下一个洞里。但是里面一点东西也没有。她很疲乏，不能再爬出来，就在洞里睡了一夜。

第二天早晨，她醒时，心神还是非常恍惚。她坐在石上，耳边还留着昨晚上的儿啼声。这当然更要动她的心,所以那方从霭云被里钻出来的朝阳无力把她脸上和鼻端的珠露晒干了。她在瞻顾中,才看出对面山岩上坐着一个穿着虎纹衣服的孩子。可是她看错了!那边坐着的,是一只虎子;它的声音从那边送来很像儿啼。她立即离开所坐的地方,不管当中所隔的谷有多么深,尽管攀缘着,向那边去。不幸早露未干,所依附的都很湿滑,一失手,就把她溜到谷底。

她昏了许久才醒回来。小伤总免不了,却还能够走动。她爬着,看见身边暴露了一副小骷髅。

"我的儿,你方才不是还在山上哭着么?怎么你母亲来得迟一点,你就变成这样?"她把骷髅抱住,说,"呀,我的苦命儿,我怎能把你医治呢?"悲苦尽管悲苦,然而,自她丢了孩子以后,不能不算这是她第一次的安慰。

从早晨直到黄昏,她就坐在那里,不但不觉得饿,连水也没喝过。零星几点,已悬在天空,那天就在她的安慰中过去了。

她忽然想起幼年时代,人家告诉她的神话,就立起来说:"我的儿,我抱你上山顶,先为你摘两颗星星下来,嵌入你的眼眶,教你看得见;然后给你找相像的皮肉来补你的身体。可是你不要再哭,恐怕给人听见,又把你夺过去。"

第三章
幸好思念无声,否则震耳欲聋

"敬姑,敬姑。"找她的人们在满山中这样叫了好几声,也没有一点回响。

"也许她被那只老虎吃了。"

"不,不对。前晚那只老虎是跑下来捕云哥圈里的牛犊被打死的。如果那东西把敬姑吃了,绝不再下山来赴死。我们再进深一点找吧。"

唉,他们的工夫白费了!

纵然找着她,若是她还没有把星星抓在手里,她心里怎能平安,怎肯随着他们回来?

我用一生和你告别，
　你用一生和我说路上小心

永久的憧憬和追求 / 萧红

　　一九一一年，在一个小县城里边，我生在一个小地主的家里。那县城差不多就是中国的最东最北部——黑龙江省——所以一年之中，倒有四个月飘着白雪。

　　父亲常常为着贪婪而失掉了人性。他对待仆人，对待自己的儿女，以及对待我的祖父都是同样的吝啬而疏远，甚至于无情。

　　有一次，为着房屋租金的事情，父亲把房客的全套的马车赶了过来。房客的家属们哭着诉说着，向我的祖父跪了下来，于是祖父把两匹棕色的马从车上解下来还了回去。

　　为着两匹马，父亲向祖父起着终夜的争吵。"两匹马，咱们是算不了什么的，穷人，这两匹马就是命根。"祖父这样说着，而父亲还是争吵。

第三章
幸好思念无声，否则震耳欲聋

九岁时，母亲死去。父亲也就更变了样，偶然打碎了一只杯子，他就要骂到使人发抖的程度。后来就连父亲的眼睛也转了弯，每从他的身边经过，我就像自己的身上生了针刺一样；他斜视着你，他那高傲的眼光从鼻梁经过嘴角而后往下流着。

所以每每在大雪中的黄昏里，围着暖炉，围着祖父，听着祖父读着诗篇，看着祖父读着诗篇时微红的嘴唇。

父亲打了我的时候，我就在祖父的房里，一直面向着窗子，从黄昏到深夜——窗外的白雪，好像白棉一样飘着；而暖炉上水壶的盖子，则像伴奏的乐器似的振动着。

祖父时时把多纹的两手放在我的肩上，而后又放在我的头上，我的耳边便响着这样的声音：

"快快长吧！长大就好了。"

二十岁那年，我就逃出了父亲的家庭。直到现在还是过着流浪的生活。"长大"是"长大"了，而没有"好"。

可是从祖父那里，知道了人生除掉了冰冷和憎恶而外，还有温暖和爱。

所以我就向这"温暖"和"爱"的方面，怀着永久的憧憬和追求。

我用一生和你告别，
你用一生和我说路上小心

恐怖 / 石评梅

父亲的生命是秋深了。如一片黄叶系在树梢。十年，五年，三年以后，明天或许就在今晚都说不定。因之，无论大家怎样欢欣团聚的时候，一种可怕的暗影，或悄悄飞到我们眼前。就是父亲在欢喜时，也会忽然地感叹起来！尤其是我，脆弱的神经，有时想得很久远很恐怖。父亲在我家里是和平之神。假如他有一天离开人间，那我和母亲就沉沦在更深的苦痛中了。维持我今日家庭的绳索是父亲，绳索断了，那自然是一个莫测高深的陨坠了。

逆料多少年大家庭中压伏的积怨，总会爆发的。这爆发后毁灭一切的火星落下时，怕懦弱的母亲是不能逃免！我爱护她，自然受同样的创缚，处同样的命运是毋庸疑议了。那时人们一切的矫饰虚伪，都会褪落的；心底的刺也许就变成弦上的箭了。

第三章
幸好思念无声，否则震耳欲聋

多少隐恨说不出在心头。每年归来，夜深人静后，母亲在我枕畔偷偷流泪！我无力挽回她过去铸错的命运，只有精神上同受这无期的刑罚。有时我虽离开母亲，凄冷风雨之夜，灯残梦醒之时，耳中犹仿佛听见枕畔有母亲滴泪的声音。不过我还很欣慰父亲的健在，一切都能给她作防御的盾牌。

谈到父亲，七十多年的岁月，也是和我一样颠沛流离，忧患丛生，痛苦过于幸福。每次和我们谈到他少年事，总是残泪沾襟，不忍重提。这是我的罪戾呵！不能用自己软弱的双手，替父亲抚摸去这苦痛的瘢痕。

我自然是萍踪浪迹，不易归来；但有时交通阻碍也从中作梗。这次回来后，父亲很想趁我在面前，预嘱他死后的诸事，不过每次都是泪眼模糊，断续不能尽其辞。有一次提到他墓穴的建修，愿意让我陪他去看看工程，我低头咽着泪答应了。

那天夜里，母亲派人将父亲的轿子预备好，我和曾任监工的族叔蔚文同着去，打算骑了姑母家的驴子。

翌晨十点钟出发：母亲和芬嫂都嘱咐我好好招呼着父亲，怕他见了自己的坟穴难过；我也不知该怎样安慰防备着，只觉心中感到万分惨痛。一路很艰险，经过都是些崎岖山径；同样是青青山色，潺潺流水，但每人心中都压抑着一种凄怆，虽然是旭日如

我用一生和你告别,
你用一生和我说路上小心

烘,万象鲜明,而我只觉前途是笼罩一层神秘恐怖黑幕,这黑幕便是旅途的终点,父亲是一步一步走近这伟大无涯的黑幕了。

在一个高堙如削的山峰前停住,父亲的轿子落在平地。我慌忙下了驴子向前扶着,觉他身体有点颤抖,步履也很软弱,我让他坐在崖石上休息一会。这真是一个风景幽美的地方,后面是连亘不断的峰峦,前面是青翠一片的麦田;山峰下隐约林中有炊烟,有鸡唱犬吠的声音。父亲指着说:"那一带村庄是红叶沟,我的祖父隐居在这高塔的庙里,那庙叫华严寺。有一股温泉,流汇到这庙后的崖下。土人传说这泉水可以治眼病呢!我小时候随着祖父,在这里读书;已经有三十多年不来了,人事过得真快呵!不觉得我也这样老了。"父亲仰头叹息着。

蔚叔领导着进了那摩云参天的松林,苍绿阴森的荫影下,现出无数冢墓,矗立着倒斜着风雨剥蚀的断碣残碑。地上丛生了许多草花。红的黄的紫的夹杂着十分好看。蔚叔回转进一带白杨,我和父亲慢步徐行,阵阵风吹,声声蝉鸣,都显得惨淡空寂,静默如死。

蔚叔站住了,面前堆满了磨新的青石和沙屑,那旁边就是一个深的洞穴,这就是将来掩埋父亲尸体的坟墓。我小心看着父亲,他神色显得异样惨淡,银须白发中,包掩着无限的伤痛。

第三章
幸好思念无声，否则震耳欲聋

一阵风吹起父亲的袍角，银须也缓缓飘拂到左襟；白杨树上叶子摩擦的声音，如幽咽泣诉，令人酸哽，这时他颤巍巍扶着我来到墓穴前站定。

父亲很仔细周详地在墓穴四周看了一遍，觉得很如意。蔚叔又和他筹划墓头的式样，他还不能掩饰住悲痛说：

"外面的式样坚固些就成啦；不要太讲究了，靡费金钱。只要里面干燥光滑一点，棺木不受伤就可以了。"

回头又向我说：

"这些事情原不必要我自己做，不过你和璜哥，整年都在外面；我老了，无可讳言是快到坟墓去了。在家也无事，不愁穿，不愁吃，有时就愁到我最后的安置。棺木已扎好了，里子也裱漆完了。衣服呢，我不愿意穿前清的遗服或现在的袍褂。我想走的时候穿一身道袍。璜哥已由汉口给我寄来了一套，鞋帽都有，哪天请母亲找出来你看看。我一生廉洁寒苦，不愿浪费，只求我心身安适就成了。都预备好后，省临时麻烦；不然你们如果因事忙因道阻不能回来时，不是要焦急吗？我愿能悄悄地走了，不要给你们灵魂上感到悲伤。生如寄，死如归，本不必认真呵！"

我低头不语，怕他难过，偷偷把泪咽下去。等蔚叔扶父亲上了轿后，我才取出手绢揩泪。

我用一生和你告别，
　你用一生和我说路上小心

　　临去时我向松林群冢望了一眼，再来时怕已是一个梦醒后。跪在洞穴前祷告上帝：愿以我青春火焰，燃烧父亲残弱的光辉！千万不要接引我的慈爱父亲来到这里呵！这是我第二次感到坟墓的残忍可怕，死是这样伟大的无情。

第三章
幸好思念无声，否则震耳欲聋

母亲 / 石评梅

母亲！这是我离开你，第五次度中秋，在这异乡——在这愁人的异乡。

我不忍告诉你，我凄酸独立在枯池旁的心境，我更不忍问你团圆宴上偷咽清泪的情况。

我深深地知道：系念着漂泊天涯的我，只有母亲；然而同时感到凄楚黯然，对月挥泪，梦魂犹唤母亲的，也只有你的女儿！

节前许久未接到你的信，我知道你并未忘记中秋；你不写的缘故，我知道了，只为了规避你心幕底的悲哀。月儿的清光，揭露了的，是我们枕上的泪痕；她不能揭露的，却是我们一丝一缕的离恨！

我本不应将这凄楚的秋心寄给母亲，重伤母亲的心；但是与其

> 我用一生和你告别,
> 你用一生和我说路上小心

这颗心,悬在秋风吹黄的柳梢,沉在败荷残茎的湖心,最好还是寄给母亲。假使我不愿留这墨痕,在归梦的枕上,我将轻轻地读给母亲。假使我怕别人听到,我将折柳枝,蘸湖水,写给月儿,请月儿在母亲的眼里映出这一片秋心。

挹清嫂很早告诉我,她说:

"妈妈这些时为了你不在家怕谈中秋,然而你的顽皮小侄女昆林,偏是天天牵着妈妈的衣角,盼到中秋。我正在愁着,当家宴团圆时,我如何安慰妈妈?更怎能安慰千里外凝眸故乡的妹妹?我望着月儿一度一度圆,然而我们的家宴从未曾一次团圆。"

自从读了这封信,我心里就隐隐地种下恐怖,我怕到月圆,和母亲一样了。但是她已慢慢地来临,纵然我不愿撕月份牌,然而月儿已一天一天圆了!

十四的下午,我拿着一个月的薪水,由会计室出来,走到我办公处时,我的泪已滴在那一卷钞票上。母亲!不是为了我整天的工作,工资微少;不是为了债主多,我的钱对付不了;不是为了发得迟,不能买点异乡月饼,献给母亲尝尝,博你一声欢笑。只因:为了这一卷钞票我才流落在北京,不能在故乡,在母亲的膝下,大嚼母亲赐给的果品。然而,我不是为了钱离开母亲,我更不是为了钱抛弃故乡。

第三章
幸好思念无声，否则震耳欲聋

你不是曾这样说吗，母亲！

"你是我的女儿，同时你也是上帝的女儿，为了上帝你应该去爱别人，去帮助别人。去吧！潜心探求你所不知道的，勤恳工作你所能尽力的。去吧！离开我，然而你却在上帝的怀里。"

因之，我离开你漂泊到这里。我整天地工作，当夜晚休息时，揭开帐门，看见你慈爱的相片时，我跪在地下，低低告诉你：

"妈妈！我一天又完了。然而我只有忏悔和惭愧！我没有捡得什么，同时我也未曾给人什么！"

有时我胜利地微笑，有时我痛恨地大哭，但是我仍这样工作，这样每天告诉你。

这卷钞票我如今非常爱惜，她曾滴满了我的思亲泪！但是我想到母亲的叮咛时，我很不安，我无颜望着这重大的报酬。

因此，我更想着母亲——我更对不起遥远的山城里，常默祝我尽职的母亲！

十五那天早晨很早就醒了，然而我总不愿起来；母亲，你能猜到我为了什么吗？

林家弟妹，都在院里唱月儿圆，在他们欢呼高亢的歌声里，激荡起我潜伏已久的心波，揭现了心幕底沉默的悲哀。我悄悄地咽着泪，揭开帐门走下床来；打开我的头发，我一丝一丝理着，像整理

我用一生和你告别，
你用一生和我说路上小心

烦乱一团的心丝。母亲！我故意慢慢地迟延，两点钟过去了，我成功了的是很松乱的髻。

小弟弟走进来，给我看他的新衣裳，女仆走进来望着我拜节，我都付之一笑。这笑里映出我小时候的情形，映出我们家里今天的情形；母亲！你们春风沉醉的团圆宴上，怎堪想想寄人篱下的游子！

我想写信，不能执笔；我想看书，不辨字迹；我想织手工；我想抄《心经》；但是都不能。我后来想拿下墙上的洞箫，把我这不宁的心绪吹出；不过既非深宵，又非月夜，哪是吹箫的时节！后来我想最好是翻书箱，一件一件拿出，一本一本放回，这样挨过了半天，到了吃午餐的时候。

不晓得怎样，在这里住了一年的旅客，今天特别局促起来，举箸时，我的心颤跳得更厉害；不知是否，母亲你正在念着我？一杯红滟滟的葡萄酒，放在我面前，我不能饮下去，我想家里的团圆宴上少了我，这里的团圆宴上却多了我。虽然人生旅途，到处是家，不过为了你，我才眷恋着故乡；母怀是我永久倚凭的柱梁，也是我破碎灵魂，最终归宿的坟墓。

母亲！你原谅我吧！当我情感流露时，允许我说几句我心里要说的话，你不要迷信不吉祥而阻止，或者责怪我。

第三章
幸好思念无声，否则震耳欲聋

我吃饭时候，眼角边看见炉香绕成个A字，我忽然想到你跪在观音面前烧香的样子，你唯一祷告的一定是我在外边"身体健康，一切平安"！母亲！我已看见你龙钟的身体，慈笑的面孔；这时候我连饭带泪一块儿咽下去。干咳了一声，他们都用怜悯的目光望我，我不由得低下头，觉着脸有点烧了。

母亲！这是我很少见的羞涩。

林家妹妹，和昆林一样大；她叫我"大姊姊"；今天吃饭时，我屡次偷看她，不晓得为什么因为她，我又想起围绕你膝下，安慰欢愉你的侄女。惭愧！你枉有偌大的女儿；母亲！

你枉有偌大的女儿！

吃完饭，晶清打电话约我去万牲园。这是我第一次去看她们创造成功的学校：地址虽不大，然而结构却很别致，虽不能及石驸马大街富丽的红楼，但似乎仍不失小家碧玉的居处。

因此，我深深地感到了她们缔造艰难的苦衷了！

清很凄清，因她本有几分愁，如今又带了几分孝，在一棵垂柳下，转出来低低唤了一声"波微"时，我不禁笑了，笑她是这般娇小！

我们聚集了八个人，八个人都是和我一样离开了母亲，和我一样在万里外漂泊，和我一样压着凄哀，强作欢笑地度这中秋节。

我用一生和你告别,
你用一生和我说路上小心

母亲！她们家里的母亲，也和你想我一样想着她们；她们也正如我一般眷怀着母亲。

我们飘零的游子能凑合着在天涯一角，勉为欢笑，然而你们做母亲的，连凑合团聚，互谈谈你们心思的机会都没有。

因之，我想着母亲们的悲哀一定比女孩儿们的深沉！

我们缘着倾斜乱石、摇摇欲坠的城墙走，枯干一片，不见一株垂柳绿荫。砖缝里偶尔有几朵小紫花，也没有西山上的那样令人注目；我想着这世界已是被人摒弃了的。一路走着，她们在前边，我和清留在后边。我们谈了许多去年今日，去年此时的情景；并不曾令我怎样悲悼，我只低低念着：

惊节序，叹沉浮，秾华如梦水东流；人间何事堪惆怅，莫向横塘问旧游。

走到西直门，我们才雇好车。这条路前几月我曾走过，如今令我最惆怅的，便是找不到那一片翠绿的稻田，和那吹人醺醉的惠风；只感到一阵阵冷清。

进了门，清低低叹了口气，我问："为什么事你叹息？"她没有答应我。多少不相识的游人从我身旁过去，我想着天涯漂泊者的滋味，沉默地站在桥头。这时，清握着我手说：

"想什么？我已由万里外归来。"

第三章
幸好思念无声，否则震耳欲聋

母亲！你当为了她伤心，可怜她无父无母的孤儿，单身独影漂泊在这北京城；如今歧路徘徊，她应该向哪处去呢？纵然她已从万里归来，我固然好友相逢，感到快愉。但是她呢？她只有对着黄昏晚霞，低低唤她死了的母亲；只有望着皎月繁星，洒几点悲悼父亲的酸泪！

猴子为了食欲，做出种种媚人的把戏，栏外的人也用了极少的诱惑，逗着它的动作；而且在每人的脸上，都轻泛着一层胜利的微笑，似乎表示他们是聪明的人类。

我和清都感到茫然，到底怎样是生存竞争的工具呢？当我们笑着小猴子的时候，我觉着似乎猴子也正在窃笑着我们。

她们许多人都回头望着我们微笑，我不知道为了什么！琼妹忍不住了。她说：

"你看梅花小鹿！"

我笑了，她们也笑了；清很注意地看着栏里。琼妹过去推她说：

"最好你进去陪着它，直到月圆时候。"

母亲！梅花小鹿的故事，是今夏我坐在葡萄架下告诉过你的；当你想到时，一定要拿起案上那只泥做的梅花小鹿，看着它是否依然无恙；母亲！这是我永远留着它伴着你的。

经过了眠鸥桥，一池清水里，漂浮着几个白鹅；我望着碧清的池水，感到四周围的寂静。我的心轻轻地跳了，在这样死静的小湖畔，我的心不知为什么反而这样激荡着？我寻着人们遗失了的，在我偶然来临的路上；然而却失丢了我自己竟守着的，在这偶然走过的道上。

在这小桥上，我凝望着两岸无穷的垂柳。垂柳！你应该认识我，在万千来往的游人里，只有我是曾经用心的眼注视着你，这一片秋心，曾在你的绿荫深处停留过。

天气渐渐黯淡了，阳光慢慢叫云幕罩了；我们踏着落叶，信步走向不知道的一片野地里去。过了福香桥，我们在一个湖边的山石上坐着，清告诉我她在这里的一段故事。

四个月前，清、琼、逸来到这里。过了福香桥有一个小亭，似乎是从未叫人发现过的桃源。那时正是花开得十分鲜艳的时候，逸和琼折下柳条和鲜花，给她编了一顶花冠，逸轻轻地加在她的头上。晚霞笑了，这消息已由风儿送遍园林，许多花草树木都垂头朝贺她！

她们恋恋着不肯走，然而这顶花冠又不能带出园去，只好仍请逸把它悬在柳丝上。

归来的那晚上就接到翠湖的凶耗！清走了的第二个礼拜，琼和逸又来到这里，那顶花冠依然悬在柳丝上，不过残花败柳，已憔悴

第三章
幸好思念无声,否则震耳欲聋

得不忍再睹。这时她们猛觉得一种凄凉紧压着,不禁对着这枯萎的花冠痛哭!不愿它再受风雨的摧残,拿下来把它埋在那个小亭畔;虽然这样,但是它却造成一段绮艳的故事。

我要虔诚地谢谢上帝,清能由万里外载着那深重的愁苦归来,更能来到这里重凭吊四月前的遗迹。在这中秋,我们能团聚着;此时此景,纵然凄惨也可自豪自慰!

母亲!我不愿追想如烟如梦的过去,我更不愿希望那荒渺未卜的将来,我只尽兴尽情地快乐,让幻空的繁华都在我笑容上消灭。

母亲!我不敢欺骗你,如今我的生活确乎大大改变了,我不诅咒人生,我不悲欢人生,我只让属于我的一切事境都像闪电,都像流星。我时时刻刻这样盼着!当箭放在弦上时,我已想到我的前途了。

我们由动物园走到植物园,经过许多残茎枯荷的池塘,荒芜落叶的小径;这似我心湖一样的澄静死寂,这似我心湖边岸一样的枯萎荒凉。我在豳风堂前望着那一池枯塘,向韵姊说:

"你看那是我的心湖!"

她不能回答我,然而她却说:

"我应该向你说什么?"

我深深地了解她的心,她的心是这般凄冷。不过在这样旧境重逢时,她能不为了过去的春光惆怅吗?母亲!她是那年你曾鉴赏过她的大笔的;然而,她如椽的大笔,未必能写尽她心中的惆怅,因为她的愁恨是那样深沉难测呵!

天气阴沉得令人感着不快,每个人都低了头幻想着自己心境中的梦乡;偶然有几句极勉强的应酬话,然而不久也在沉寂的空气中消失了。

清似乎想起什么一样,站起身来领着我就走,她说:"我领你到个地方去看看。"

这条道上,没有逢到一个人。缘道的铁线上都晒着些枯干的荷叶,我低着头走了几十步,猛抬头看见巍峨高耸的四座塔形的墓。荒丛中走不过去,未能进去细看;我回头望望四周的环境,我觉着不如陶然亭的寥阔而且凄静,萧森而且清爽。陶然亭的月亮,陶然亭的晚霞,陶然亭的池塘芦花,都是特别为坟墓布置的美景,在这个地方埋葬几个烈士或英雄,确是很适宜的地方。

母亲!在陶然亭芦苇池塘畔,我曾照了一张独立苍茫的小像;当你看见它时,或许因为我爱的地方,你也爱它;我常常这样希望着。

我们见了颓废倾圮、荒榛没胫的四烈士墓,真觉为了我们的先

第三章
幸好思念无声，否则震耳欲聋

烈难过。万牲园并不是荒野废墟，实不当忍使我们的英雄遗骨，受这般冷森和凄凉！就是不为了纪念先贤，也应该注意怎样点缀风景！我知道了，这或许便是中国内政的缩影吧！

隔岸有鲜红的山楂果，夹着鲜红的枫树，望去像一片彩霞。我和清拂着柳丝慢慢走到印月桥畔；这里有一块石头，石头下是一池碧清的流水；这块石头上，还刊着几行小诗，是清四月间来此假寐过的。她是这样处处留痕迹，我呢，我愿我的痕迹，永远留在我心上，默默地留在我心上。

我走到枫树面前，树上树下，红叶铺集着，远望去像一条红毡。我想捡一片留个纪念，但是我没有那样勇气，未曾接触它前，我已感到凄楚了。母亲！我想到西湖紫云洞口的枫叶，我想到西山碧云寺里的枫叶；我伤心，那一片片绯红的叶子，都给我一样的悲哀。

月儿今夜被厚云遮着，出来时或许要到夜半，冷森凄寒，这里不能久留了；园内的游人都已归去，徘徊在暮云暗淡的道上的只有我们。

远远望见西直门的城楼时，我想当城围里明灯辉煌、欢笑歌唱的时候，城外荒野尚有我们无家的燕子，在暮云底飞去飞来。母亲！你听到时，也为我们漂泊的游儿伤心吗？

我用一生和你告别，
你用一生和我说路上小心

不过，怎堪再想，再想想可怜穷苦的同胞，除了悬梁投河，用死去办理解决一切生活逼迫的问题外，他们求如我们这般小姐们的呻吟而不可得。

这样佳节，给富贵人作了点缀消遣时，贫寒人却作了勒索生命的符咒。

七点钟回到学校，琼和清去买红玫瑰，芝和韵在那里料理果饼，我和侠坐在床沿上谈话。她是我们最佩服的女英雄，她曾游遍江南山水，她曾经过多少困苦；尤其令人心折的是她那娇嫩的玉腕，能飞剑取马上的头颅！我望着她那英姿潇洒的丰神，听她由上古谈到现今，由欧洲谈到亚洲。

八时半，我们已团团坐在这天涯地角、东西南北凑合成的宴会上。月儿被云遮着，一层一层刚褪去，又飞来一块一块的絮云遮上；我想执杯对月儿痛饮，但不能践愿，我只陪她们浅浅地饮了个酒底。

我只愿今年今夜的明月照临我，我不希望明年今夜的明月照临我！假使今年此日月都不肯窥我，又哪能知明年此日我能望月！在这模糊阴暗的夜里，凄凉肃静的夜里，我已看见了此后的影事。母亲！逃躲的，自然努力去逃躲；逃躲不了的，也只好静待来临。

第三章
幸好思念无声,否则震耳欲聋

我想到这里,我忽然兴奋起来,我要快乐,我要及时行乐;就是这几个人的团宴,明年此夜知道还有谁在?是否烟消灰熄?是否风流云散?

母亲!这并不是不祥的谶语,我觉着过去的凄楚,早已这样告诉我。

虽然陈列满了珍馔,然而都是含着眼泪吃饭;在轻笼虹彩的两腮上,隐隐现出两道泪痕。月儿朦胧着,在这凄楚的筵上,不知是月儿愁,还是我们愁?

杯盘狼藉的宴上,已哭了不少的人;琼妹未终席便跑到床上哭了,母亲!这般小女孩,除了母亲的抚慰外,谁能解劝她们?琼和秀都伏在床上痛哭!这谜揭穿后谁都是很默然地站在床前,清的两行清泪,已悄悄地滴满襟头!她怕我难过,跑到院里去了。我跟她出来时,忽然想到亡友,他在凄凉的坟墓里,可知道人间今宵是月圆。

夜阑人静时,一轮皎月姗姗地出来;我想着应该回到我的寓所去了。到门口已是深夜,悄悄的一轮明月照着我归来。

月儿照了窗纱,照了我的头发,照了我的雪帐;这里一切连我的灵魂,整个都浸在皎清如水的月光里。我心里像怒涛涌来似的凄酸,扑到床缘,双膝跪在地下,我悄悄地哭了,在你的慈容前。

我用一生和你告别,
你用一生和我说路上小心

清明 / 鲁彦

晨光还没有从窗眼里爬进来,我已经钻出被窝坐着,推着熟睡的母亲:"迟啦,妈,锣声响啦!"

母亲便突然从梦中坐起,揉着睡眼,静默地倾听着。

"没有的!天还没亮呢!"

"好像敲过去啦。"

于是母亲也就不再睡觉,急忙推开窗子,点着灯,煮早饭了。

"嘉溪上坟去啰!……喤喤……五公祀上坟去啰!……"待母亲将饭煮熟,第一次的锣声才真的响了,一路有人叫喊着,从桥头绕向东芭弄。

我打开门,在清白的晨光中,奔跑到埠头边:河边静悄悄的,不见一个人,船还没有来。

第三章
幸好思念无声,否则震耳欲聋

正吃早饭,第二次的锣声又响了,敲锣的人依然大声地喊着:"嘉溪上坟去啰!……噹噹……五公祀上坟去啰!……"

我匆忙地吃了半碗,便推开碗筷,又跑了出去。这时河边显得忙碌了。三只大船已经靠在埠头,几个大人正在船中戽水,铺竹垫,摆椅凳。岸上围观着许多大人和小孩,含着紧张的神情。我呆木地站着,心在辘辘地跳动。

"慌什么呀!饭没有吃饱,怎么上山呀?快些回去,再吃一碗!"母亲从后面追上来了。

"老早吃饱啦!"

"半碗,怎么就饱啦!起码也得吃两碗!回去,回去!"

"吃饱啦就吃饱啦!谁骗你!"我不耐烦地说。于是母亲喃喃地说着走回家里去了。

埠头边的人愈聚愈多,一部分人看热闹,一部分人是去参加上祖先的坟的。有些人挑羹饭,有些人提纸钱,有些人探问何时出发。喧闹忙乱,仿佛平静的河水搅起了波浪。我静默地等着,心中却像河水似的荡漾着。

"加一件背心吧,冷了会生病的呀!"

我转过头去,母亲又来了,她已经给我拿了一件背心来。

"走起来热煞啦,还要加背心做什么?拿回去吧!"我摇着头，回答说。

"老是不听话！"母亲喃喃地埋怨着，用力把我扯了过去，亲自给我穿上，扣好了扣子。

这时第三次的锣声响了。

"嘉溪上坟去啰！……喤喤……五公祀上坟去啰！……船要开啦……船要开啦……"

岸上的人纷纷走到船上，我也就跳上了船头。

"什么要紧呀！"母亲又叫着说了，"船头坐不得的！……船舱里去！……听见吗？"

我只得跳到船头与船舱的中间，坐在插纤竿的旁边。

但是母亲仍不放心，她又在叫喊了："坐到船底上去，再进去一点！那里会给纤竿打下河去的呀！"

"不会的！愁什么！"我不快活地瞪着眼睛说。

"真不听话！……阿成叔，烦你照顾照顾这孩子吧！"她对着坐在我身边的阿成叔说。

"那自然，你放心好啦！你回去吧！"

但是母亲仍不放心，站在河边要等着船开走。

这时三只大船里都已坐满了人，放满了东西。还不时有人上下，船在微微地左右倾侧着。

第三章
幸好思念无声，否则震耳欲聋

"天会落雨呢！"

"不会的！"

"我已带了雨伞。"

"我连木屐也带上了。"

船上忽然有些人这样说了起来。我抬头望着天上，天色略带一点阴沉，云在空中缓慢地移动着，远远的东边映照着山后的阳光。

"开船啦！开船啦！……噹噹……"这是最后一次的锣声了，敲锣的接着走上我们这只最后开的船，摇船的开始解缆了。

我往岸上望去，母亲已经不在岸上，不知什么时候走的。我喜欢坐在船头上，这时便又扶着船边，从人丛中向前挤了两三步。

"不要动！不要动！会掉下水里去！"阿成叔叫着，但他已经迟了。

"好吧，好吧！以后可再不要动啦！"摇船的把船撑开岸，叫着说。

"你这孩子好大胆！……再不要动啦！"我身边一个祖公辈的责备似的说了，"你看，你妈又来了啊！"

我把眼光转到岸上，母亲果然又来了。她左手挟着一柄纸伞，摇着右手，叫着摇船的人，慌急地移动着脚步。一颠一簸，好像立刻要栽倒似的追扑了过来。

"船慢点开！……阿连叔！……还有一把伞给小孩！……"

但这时船已驶到河的中心，在岸上拉纤的已经弯着背跑着，船已唧唧唧地破浪前进了。

"算啦！算啦！不会下雨的！"摇船的阿连叔一面用力扳着橹，一面大声地回答着。

母亲着慌了，她愈加急促地沿着船行的方向奔跑起来，一路摇着手，叫着："要落雨的呀！……拉纤的是谁！……慢点走啊！"

我在船上望见她跟跄得快跌倒了，着了急，忽然站了起来，用力踢着船沿。船突然倾侧几下，满船的人慌了，这才大家齐声地大喊，阻住了拉纤的人。

"交给我吧，到了桥边会递给他的。"一个拉纤的跑回来，向母亲接了伞，显出不快活的神情。

这时母亲已跑到和船相并的地方站住了。我看见她一脸通红，额上像滴着汗珠，喘着气。

"真是多事，哪里会落雨！落了雨又有什么要紧！"我暗暗地埋怨着，又大声叫着说，"回去吧，妈！"

"好回去啦！好回去啦！"船上的人也叫着，都显出不很高兴的神情。

第三章
幸好思念无声，否则震耳欲聋

船又开着走了。母亲还站在那里望着，一直到船转了弯。

两岸的绿草渐渐多了起来，岸上的屋子渐渐少了。河水平静而且碧绿，只在船头下咽咽地响着，在船的两边翻起了轻快的分水波浪。船朝着拉纤的方向倾侧着。一根直的竹做的纤竿这时已成了弓形，不时发出格格的声音，顶上拴着的纤绳时时颤动着，一松一紧地拖住了岸上三个将要前仆的人的背，摇橹的人侧着橹推着扳着，船尾发出噼啪的声音，有些地方大树挡住了纤路，或者船在十字河口须转方向，拉纤的人便收了纤绳，跳到船上，摇橹的人开始用船尾的大橹拨动着水，船像摇篮似的左右荡漾着慢慢前进。

一湾又一湾，一村又一村，嘉溪山渐渐近了，最先走过狮子似的山外的小山，随后从山峡中驶了进去。这里的河面反而特别宽了，水流急了起来，浅滩中露着一堆堆的沙石。我们的船一直驶到河道的尽头，船头冲上了沙滩，现在船上的人全上岸了。我和几个十几岁的同伴早已在船上脱了鞋袜，卷起了裤脚，不走山路，却从沁人的清凉的溪水里走向山上去，一面叫着跳着，像是笼里逃出来的小鸟。

祖先的故墓是在山麓的上部，那里生满了松树和柏树。我们几个孩子先在树林中跑了几个圈子，听见爆竹和锣声，才在坟前拜了一拜，拿了一只竹签，好带回家里去换点心。随后跑向松树林

我用一生和你告别，
你用一生和我说路上小心

中，爬了上去采松花，装满了衣袋，兜满了前襟，听见爆竹和锣声又一直奔下山坡，到庄家那里去吃午饭，这时肚子特别饿了，跑到庄前就远远地闻到了午饭的香气。我平常最爱吃的是毛笋烤咸菜，这时桌上最多的正是这一样菜，便站在长桌旁，挤在大人们的身边，开始吃了起来，饭虽然粗硬，菜虽然冷，却觉得特别的有味，一连吃了三大碗粗饭。筷子一丢，又往附近去跑了。隆重的热闹的扫墓典礼，我只到坟边学样地拜了一拜，我的目的却在游玩。但也并不知道游玩，只觉得自由快乐，到处乱跑着。

回家的锣声又响时，果然落雨了。它像雾一样，细细地袭了过来。我挟着雨伞，并不使用，披着一身细雨，踏着溪流，欢乐地回到了泊船的河滩上。

清明节就是这样地完了。它在我是一个最欢乐的季节。

第三章
幸好思念无声，否则震耳欲聋

母亲的话（节选）/ 田汉

因为我小时每天领梅臣读书，常常梅臣没有熟的书，我先在外面听熟了，这引起我对知识的兴趣。后来梅臣补廪①、进学，母亲取得初步的安慰。我当时心里曾这样想：

"我若有了孩子，我也一定要让他读书。"

再加梅臣每次从城里回来，总替我们带来许多消息和新的见解，让我们心里也模糊地知道这世界在变。我更加想让孩子追随他舅舅之后，做个读书种子。

寿昌②出世的那几年，家里境况实在还好，又兼第一个孙子，

---

① 明清科举制度，生员经岁、科两试成绩优秀者，增生可依次升廪生，谓之"补廪"。
② 即田汉。

我用一生和你告别，
你用一生和我说路上小心

祖父以下都把他当宝贝似的宠他。我对他的保育，做了一个农村母亲所能做的事。他的衣饰物在我们亲戚间的孩子中算是不落人后。我替他做过一顶青湖绉的狗头帽子，在当时足花了一萝谷的价钱。帽子是满天顶，三镶辫子盘蝴蝶。那时候，时兴纳金花一直盘到耳朵边，两边再各绣一个柿子，还有一大把穗须。孩子长得白净，戴起来很好看。……五六岁的时候，我替他做了一件毛青布袍，绿羽毛挑花领袖，样子是我老远在大坟山六姨妈那儿拓来的。面前是一个"如意"，即一枝草，一个银锭子，一个如意。背后是一朵整必定花。样子极好看，很合二四八月间穿。……所有这些针线，都是我在每天深夜，当正项的活计做完之后偷偷地赶出来的。那时候我"说起天光就是夜"，什么事拿起就做，从不晓得疲倦。兴致也非常高，认真把儿女的事放在心里。

寿昌的性情还算纯顺。他四五岁时，寿康晚上发烧，我常叫他起来给我提着灯笼到鸡窝里取鸡蛋，用蛋白给他弟弟烫头、胸和肚皮。他总很听话。冬天，他祖父在舂米的房里打草鞋时，他也掇一个小条凳学着打草鞋，或是用草心织田螺，静静地一声不响。那时他还不曾上学，可是已经认识几个字，常常用红泥在尿桶边的墙壁上写斗大的"福"字。这孩子对戏剧从小就有很深的爱好。我们农村里流行一种影子戏，八嫂子的姨父向福生就是唱影子戏的。附近

第三章
幸好思念无声，否则震耳欲聋

农村遇了年节、吉庆，或是还愿，总是他领班子来唱戏。寿昌看完影子戏回来，老是学着唱呀唱的，身子也学着"影戏菩萨"的走路姿势。有时偷我们的布壳子学着剪影戏中的人物。向家姊爷来我家时，寿昌老问他讨"影戏菩萨"和玻璃脸子，又用竹纸敷起架子，在青油灯下自己唱着玩。我们那边看大戏①只有三个地方：一个是隔三字墙不远的花果园，一个是在赤石河附近的金龙寺，一个是隔茅坪较近的洪山庙。我在家做女儿的时候，每年也常到花果园去看戏。自到田家就没有这工夫了。但田家的叔叔们都欢喜看戏，又都欢喜寿昌，每逢看戏，叔叔们总爱带寿昌去。我也给了些钱让他去买东西吃。他一到庙里，因为人小怕挤，老是靠柱头站着呆看，偶然也由叔叔们抱他坐高凳。回家时他仍把钱交给我，一数，时常一个也没有用掉。……还有是你问他今天看了些什么戏，他常常能说出戏的情节来。有时还把衣角展动着，巧妙地戏学舞台上演员的动作。我见这孩子资质不算坏，又很沉静，想让他读书的心思更加坚定了。幸亏家里也没有人一定要他去看牛的。那时王家姑爷茂发二哥的染坊开得很发财，从荞麦湾挪边搬到"枞榕树

---

① 湘戏。

我用一生和你告别，
你用一生和我说路上小心

脚下"①。因为他家里人口多，孩子也多，所谓"衣食足而后礼仪兴"，就在新屋里办起了一个学堂，请了一位先生也姓王，叫王益谦。这位老先生是个不第的秀才，脾气古怪，所以诨名"王五憨子"，但教书却异常认真。我决心把孩子寄在这里。寿昌那时已七岁，应该让他发蒙了。

"孩子，今天公公送你到王姑爷家里念书去，你去吗？"

"去的，妈妈。"寿昌显然非常高兴。我放心了，给他穿上新衣。

祖父在祖宗神龛前点起香烛，要寿昌拜过祖宗。但正要领他去的时候，这孩子忽然不肯去了。

"孩子，别淘气！你是最听妈妈的话的，快跟公公上学去吧。"我说。

但他还是不去。没有法子，我只得骂这孩子。祖母正坐在伙房里吸旱烟。我满望她老人家能说说好话，劝劝他。但她老人家出乎意外地敲着铜烟袋脑壳说：

"这么点点大的小孩，让他去念什么书？白糟蹋钱。"

我心里更加难过了。其实寿昌已经不算小了，梅臣从三四岁

---

① 小地名。

第三章
幸好思念无声，否则震耳欲聋

就在桐门大公那儿上学，七岁的孩子还能老让他在家里玩吗？我只得再好好地劝寿昌，结果他才答应去了。我远远望着老祖父牵着穿新衣的夹书包的孩子过三培桥的影子，心里又是满足，又是忧虑：

"这恐怕是一个很重的担子呵。"我不知如何有着这样的预感。

还好，寿昌自那天上学以后就不再闹别扭了，每天比我们还要经心，不管晴雨从没有告过假。某次他肚子痛，我说：

"孩子，你今天可以不去上学了。"

但他还是去了。每天早晨去，到晌午回家来，吃过午饭再去。从茅坪到枞榕树要经过三培桥，到了春天，小港里水涨了，石桥常被淹没。我们和王家两代亲戚，他们也很爱这孩子，担心他会掉在水里，常常留他吃午饭，孩子不愿意。茂兴三伯说：

"你公公把钱给我了，要你在我家搭伙食哩。"

但寿昌还是不肯。我因为反正路不算远，也就听任这孩子的意思。

有一次春水涨了，王家不想让他独自回来，王先生也劝他一道吃饭，寿昌仍固执不肯。先生生气了，随手用对联上的木档子打他，但他还是回来了。先生原是非常严厉的，王家的那些同学们常

> 我用一生和你告别，
> 你用一生和我说路上小心

常被他打得鬼哭神嚎，可是从没打过寿昌，因为他功课做得好。于今却为着不肯吃饭打他，可知道王先生不愧是一位"憨子先生"了。但先生所以那么着急，为的是怕这小学生回家掉在水里，他的意思原是好的。

寿昌没有掉在水里，可有一次几乎断送在风里。原来茂发二哥家境贫寒，而为人很有才干。他学染坊，出师后就在我们茅坪那屋里开业。我们当时人少，腾了一边屋子给他。他弄了几口缸，几块石头，买了几石土靛就简单地做起来了。慢慢地业务发达起来，茂发二爷成了一个"脚色"，后来由我公公说媒，娶了幔楼三伯的二姑娘。过门之后，家道日兴，租了荞麦湾王雨廷大公的房子大做起来，生意也更加兴隆，"王复兴"三字的招牌慢慢地城乡皆知，接着就开始发行纸币。虽则是"乡票"，但因信用好，王复兴的票子可以进城提盐。这样他就买了枞榕树下的几十亩田和那一栋大屋。这产业原是我们本家跛子七叔的。七叔的父亲照庆大公原来做过牛贩子，在咸、同年间很发了点财，因此他娶了一位南京太太。但后来慢慢地衰落了，偌大的祖业只剩了几十亩田，结果落入了这位新兴的染坊老板之手。屋子是大大地修葺，三字墙加高了，墙上还请高手匠人画了许多"八仙过海""刘海戏蟾"之类的壁画，大门上有"三槐余荫"等八个大字。到王姑爷那边，

第三章
幸好思念无声，否则震耳欲聋

也就是染坊所在，也是红地漆上黑字，写的是"春秋多佳日，山水有清音"，笔致颇为遒健，给寿昌的印象很深，他时常学着写。但下联这五个字并不写实，因为我们那儿是一片平阳之地，至少在两三里以内是没有什么山水可言的。因为是平阳之地，所以到每年春二三月刮起大风来无法遮拦。王家这三字墙是旧墙上加高的，基础就不大牢。再加那一天刮起了可怕的大风，枞榕树的枝叶刮得满天飞，屋上的瓦也给吹得掉下来。那时他们正在学堂里读书，学堂在西边书房，靠近左边那三字墙。风越刮越大，三字墙也有些摇撼了。一口猛风吹来，只听哗啦一响，王先生倒也非常机警，一把拉起寿昌往他教书的那张桐木桌子底下一躲，接着那三字墙有一半全坍下来。满屋子砖瓦灰烟，看不见人。没有来得及躲的同学们多负了伤，王六哥受伤最重，头都给砸破了，血流满面。寿昌亏着王先生之力，一点没有伤损。姑妈们赶忙过来探问，派人送寿昌回家。我们住的屋子后面正对着枞榕树屋场，远远望得见。公公听说三字墙倒了，不放心，也派人来看，路上接着寿昌，这样就停了几天学。

寿昌读完了第一年，成绩证明了他是一个可以造就的孩子。但我们家里情形已经有了变动了。那年由于家里人口多，我们分两处种田，祖父母、六叔、八叔住在茅坪老屋；我、七叔、九叔搬到陈

> 我用一生和你告别，
> 你用一生和我说路上小心

家冲。因为没有分家，叔叔们实际上是两边住的，哪一边农忙就到哪一边去。陈家冲隔茅坪有八九里，我到陈家冲，寿昌却因就学关系仍留在茅坪，那时凤阶到城里洋学堂念书去了，家里没有迎先生，寿昌改到大园里殷家读书。先生也姓王，是一个老八股。有的学生素质也坏得很，专一教寿昌画白虎，偷丝团子。于是塅里纷纷传说："寿昌不听话，读书不用功。"我听了非常着急。我相信孩子不会学坏，但相隔太远，无人管教，实在不放心。我不等那一节完，就把寿昌带到陈家冲。

陈家新屋的前面就是杨怀周八先生的家。他家那时正起一堂学，先生也姓王，号绍羲，上杉市人，是一位饱学先生，教的都是年龄较大的学生。我通过杨八先生的介绍，想把寿昌托付王先生。王先生要先看看孩子。一天，他外祖父来了，我就请他老人家领寿昌去见王先生。王先生当场命寿昌答对，并做简单的文字。这试验算通过了。

在王先生的熏陶之下，不过数月，寿昌的进步非常之快，不仅文字教育方面有了一点长进，精神教育方面也受到不少启发。有一天先生讲到某些民族英雄。

"假使我们遇到他们那样的境遇时，该怎么办？"先生问。

"我们应该尽节。"

第三章
幸好思念无声，否则震耳欲聋

先生对于寿昌的回答颇为满意。他拉着孩子的手，反复地嘉勉他。有时他对大一点的学生讲书，问旁听的寿昌懂不懂，寿昌也能答出一个大概，有些学生还埋怨先生忒偏心寿昌。

这以前，寿昌没有到过什么地方。有一次，寿昌肚子坏了。恰逢杨泗庙的杨泗将军行香，我们邻近成佛庵的僧众也去会合，旌旗数里，鞭炮声不断，这把寿昌的游兴也引动了，只告诉了王先生就随同大队一道走了，到晚边才和菩萨的轿子同回。我知道这孩子有病，很替他担心，回来一问，才知他一直到了春华山。他第一次出远门，高兴得把什么都忘了，当然病也玩好了。

易德福四爹在杨泗庙开了一个杂货铺兼屠行，生意非常好。他的家就住在我家附近，收拾得非常精细。有一回他找寿昌写了一副对联，对人家说是八岁孩子写的，别人听了，颇为惊奇。因为他欢喜写字，事情就多了。七月半陈柏松家里烧包，自己来不及写封子，也要寿昌代写。他写了一晚，手也给写疼了。

寿昌好像与和尚、道人有缘。成佛庵有一位彭道人也和寿昌谈得来。寿昌常到他那儿坐，每年春秋两季，庵里也演大戏，寿昌当然是最热心的观众。有次唱《火烧铁头和尚》，绿火满台，用一根绳子捆着一个假和尚，吊在檐边一个弹葫芦上，火光一闪，把那和尚从天空往台下一丢，随即又收上去。这却把寿昌吓了一跳，回家

我用一生和你告别，
你用一生和我说路上小心

后还有点后怕。

事情又有变化了。虎臣满弟学了一阵手艺之后，安排到雨生满叔处读书。我父亲说：

"何不要寿昌也去那儿上学，舅甥们也有个招拂。"

寿昌九岁那年便同他外祖父、满舅一道从三字墙屋动身，到黄狮渡椴里屋李五姑奶奶家做了满叔外公的学生。

雨生满叔原是田家筱斋八叔的学生，与梅臣弟在城南书院同过学。满婶也是个很端淑聪慧的人，我也愿意孩子去。梅臣回家时到陈家冲来看我，送了我十几元，我拿一部分做了孩子的学费，记得是十二串钱。另由家里打了三石六斗米，算一年的伙食。外加油盐钱，全年六串。这在当时也算不小的负担了。寿昌在这里写文章算"成了篇"，满叔常向我爹爹夸耀。满婶的学问也不错，满叔不在家的时候常由她代课。她待寿昌也好。那虽是农村，因为在浏渭河的支流黄狮渡旁边，风景非常清丽，是个读书的好地方。同学们也都是些纯朴的少年，比起大园里那些顽童们好得多了。再加有他满舅在一道，他们年龄差不太多，志趣也相投，但并不完全相同。满弟呢，形貌轩昂，言语爽朗，善于交际，是一个"打口岸"的人物。他到黄狮渡不到一两个月，附近村庄、商店的大大小小都熟识了。每天放了学常领着寿昌到别人家喝茶吃点心。寿昌呢，也许是

第三章
幸好思念无声，否则震耳欲聋

家境的关系吧，就比较沉静一些，不大和人家说话，但也并非古怪。他和满舅在一道，性格上倒是很好的调剂。

但变局又来了。

梅臣回来曾向我问禹卿的情形。那时禹卿在衡州，事情没有了，困居旅邸，病得很厉害，我非常忧烦。梅臣要我写信催他赶快回来，他可以帮禹卿找一点事。我托人写了一封信去。没有多久，禹卿回来了。但他病得实在厉害，耳朵都干了。据他说在衡阳吐过一脸盆血，回来之后也还不时吐血。虽然请医服药，但病势依旧一天天沉重，我就把寿昌接回来，每晚寿昌就在他父亲的床边的平头椅上借菜油灯光读书。禹卿见孩子长得这么高大，读书也用功，非常安慰。但他的病势一天天沉重，有一天晚上，他猛地爬起来说：

"他们说我阔气，你瞧，这里还摆着荔枝桂圆水哩。"

"谁说？爹爹！"寿昌问。

我拉了寿昌一下，显然，禹卿这时已有些神志不清了。我看他病得那样子，又看旁边的孩子们，心里万分的惨痛。我说：

"万一你出了什么事，我到杨泗庙去买点生鸦片烟吞了。"

实在的，禹卿若死了，我拖起这三个孩子怎么得活？大的八岁，正在读书；第二个，五岁淘得很；第三个三岁不足，还在吃奶。而禹卿的情形呢，是那样地朝不保夕。以后的事是万万想不得的，一想真叫你肠断。

但禹卿听了我的话，显得很生气的样子。他摇摇头说：

"不，不，你不要想死。你得好好招拂孩子们，你的命比我好，你还有福享，这样好的孩子能有几个？"

他心里又好像很明白。承他说了这几句话，我忍受了这半辈子的酸辛，抚育孩子们。直到今天，我还不敢轻易放下这责任。

第三章
幸好思念无声,否则震耳欲聋

离别(节选) / 郑振铎

二

别了,我最爱的祖母、母亲、妹妹以及一切亲友们!我没有想到我动身得那么匆促。我决定动身,是在行期前的七天;跑去告诉祖母和许多亲友们,是在行期前的五天。我想我们的别离至多不过是两年、三年,然而我心里总有一种离愁堆积着。两三年的时光,在上海住着是如燕子疾飞似的匆匆滑过去了,然而在孤身栖止于海外的游子看来,是如何漫长的一个时间呀!在倚闾而望游子归来的祖母、母亲们和数年来终日聚首的爱友们看来,又是如何漫长的一个时期呀!祖母在半年来,身体又渐渐地回复健康了,精神也

我用一生和你告别，
你用一生和我说路上小心

很好，所以我敢于安心远游。要在半年前，我真的不忍与她相别呢！然而当她听见我要远别的消息时，她口里不说什么，还很高兴地鼓励着我，要我保重自己的身体，在外不像在家，没有人细心照应了，饮食要小心，被服要盖得好些，落在床下是不会有人来拾起了；又再三叮嘱着我，能够早回，便早些回来。她这些话是安舒地慈爱地说着的，然而在她慢缓的语声中，在她微蹙的眉尖上，我已看出她是满孕着难告的苦闷与别意。不忍与她的孩子离别，而又不忍阻挡他的前进，这其间是如何的踌躇苦恼，不安！人非铁石，谁不觉此！第二天，第三天，她的筋痛的旧病，便又微微地发作了。这是谁的罪过！行期前一天的晚上，我去向她告别；勉强装出高兴的样子，要逗引开她的忧怀别绪；她也勉强装着并不难过的样子，这还不是她也怕我伤心么？在强装的笑容间，我看出万难遮盖的伤别的阴影。她强忍着呢！以全力忍着呢！母亲也是如此，假定她们是哭了，我一定要弃了我离国的决心！一定的！这夜临别时，我告诉她们说，第二天还要来一次。但是，不，第二天，我决不敢再去向她们告别了。我真怕摇动了我的离国的决心！我宁愿负一次说谎的罪，我宁愿负一次不去拜别的罪！

　　岳父是真希望我有所成就的，他对于我的离国，用全力来赞助。他老人家仆仆的在路上跑，为了我的事，不知有几次了！托人，找人帮忙，换钱，……都是他在忙着。我不知将如何说感谢的话好！然而临别时，他也不免有戚意。我看他扶着箴，在太阳光中，忙乱的码头上站着，挥着手，我真的感动得说不出话来。

许多朋友，亲戚……他们都给我以在我预想以上之帮忙与亲切的感觉，这使我更不忍于离别了！

果然如此的轻于言离别，而又在外游荡着，一无成就，将如何的伤了祖母、母亲、岳父以及一切亲友的心呢！

别了，我最爱的祖母以及一切亲友们！

三

当我与岳父同车到商务去时，我首先告诉他我将于二十一日动身了。归家时，我将这话第二次告诉给箴，她还以为我是与她开开玩笑的。

"哪里的话！真的要这么快就动身么？"

"哪一个骗你，自然是真的，因为有同伴。"

她还不信，摇摇头道："等爸爸回来问他看。你的话不能信。"

岳父回家，她真的去问了。

"哪里会假的；振铎一定要动身了，只有六七天工夫。快去预

我用一生和你告别，
你用一生和我说路上小心

备行装！"他微笑地说着。

箴有些愕然了："爸爸也骗我！"

"并没有骗你，是一点不假的事。"他正经地说道。

她不响了，显然的心上罩了一层殷浓的苦闷。

"铎，你为什么这样快动身？再等几时，八月间再走不好么？"箴的话有些生涩，不如刚才的轻快了。

四

一天天地过去，我们俩除同出去置办行装外，相聚的时候很少。我每天还去办公，因为有许多事要结束。

每个黄昏，每个清晨，她都以同一的凄声向我说道："铎，不要走了吧！"

"等到八月间再走不好么？"

我踌躇着，我不能下一个决心，我真的时时刻刻想不走。去年我们俩一天的相离，已经不可忍受了，何况如今是两三年的相别呢？

我真的不想走！

"泪眼相见，觉无语幽咽。"在别前的三四天已经是如此了。

第三章
幸好思念无声，否则震耳欲聋

每天的早餐，我都咽不下去，心上似有千百重的铅块压着，说不出的难过。当护照没有签好字时，箴暗暗地希望着英、法领事拒绝签字，于是我可以不走了。我也竟是如此的暗暗地希望着。

在许多朋友请我们的饯别宴上，我曾笑对他们说道："假定我不走呢，吃了这一顿饭要不要奉还？"这不是一句笑话，我是真的这样想呢。即在整理行装时，我还时时的这样暗念着："姑且整理整理，也许去不成。"

然而护照终于签了字，终于要于第二天动身了。

只有动身的那一天早晨，我们俩是始终的聚首着。我们同倚在沙发上。有千万语要说，却一句也都说不出，只是默默地相对。

五

箴呜咽地哭了，我眼眶中也装满了热泪。谁能吃得下午饭呢！

码头上，握了手后，我便上船了，船上催送客者回去的铃声已经丁丁地摇着了。我倚在船栏上，她站在岳父身边，暗暗地在拭泪。中间隔的是几丈的空间，竟不能再一握手，再一谈话。此情此景，将何以堪！最后，岳父怕她太伤心了，便领了她先去。那

我用一生和你告别，
你用一生和我说路上小心

临别的一瞬，她已经不能再有所表示了，连手也不能挥送，只慢慢地走出码头，她的手握着白巾，在眼眶边不停地拭着。我看着她的黄色衣服，她的背影，渐渐地远了，消失在过道中了！

"黯然销魂者唯别而已矣！"

Adieu！Adieu！①

希望几个月之后——不敢望几天或几十天，在国外再有一次"不速之客"的经历。

"别离"，那真不是容易说的！

---

① 法语："再会！再会！"

爆竹声中的除夕 / 石评梅

这时候是一个最令人撩乱不安的环境,一切都在欢动中颤摇着。离人的心上是深深地厚厚地罩着一层乡愁,无论如何不想家的人,或者简直无家可想的人,他都要猛然感到悲怆,像惊醒一个梦似的叹息着!

在这雪后晴朗的燕市,自然不少漂泊到此的旅客游子,当爆竹声彻夜地在空中振动时,你们心上能不随着它爆发,随着它陨落吗?这时的心怕要和爆竹一样的爆发出满天的火星。而落下时又是那么狼藉零乱,碎成一片一节的散到地上。

八年了,我在北京城里听爆竹声,环境心情虽年年不同,而这种惊魂碎心的声音是永远一样的。记得第一年我在红楼当新生,仿佛是睡在冰冷的寝室床上流泪度过的;不忍听时我曾用双手按着耳

我用一生和你告别，
你用一生和我说路上小心

朵，把头缩在被里，心里骗自己说："这是一个平常的夜，静静地睡吧！"第二年在一个同乡家里，三四个小时候的老朋友围着火炉畅谈在太原女师时顽皮的往事。笑话中听见爆竹，便似乎想到家里，跪在神龛前替我祝福的母亲。第三年在红楼的教室中写文章，那时我最好，好的是知道用功地读书，而且学的写白话文，不是先前的一味顽皮嘻笑了。不过这一年里，我认识了人间的忧愁。第四年我也是在红楼，陈夕之夜记得是写信，写一封悲凄哀婉的信，还做了四首旧诗。第五年我已出了红楼，住在破庙的东厢，这一年我是多灾多难，多愁多病地过去了。第六年我又到了一个温暖的家庭里寄栖，爱我护我如我自己的家一样；不幸那时宇哥病重，除夕之夜，是心情纷纭，事务繁杂中度过的。第七年我仍是寄居在这个繁花纷披的篱下，然相形之下，我笑靥总掩饰不住啼痕；当一个由远处挣扎飞来的孤燕，栖息在乐园的门里时，她或许是因在银光闪烁的镜里，现出她疮痛遍体的形状更感到凄酸的！况且这一年是命运埋葬我的时候。第八年的除夕，就是今夜了，爆竹声和往年一样的飞起而落下，爆发后的强烈火星，和坠落在地上的纸灰余烬也仿佛是一样；就是我这在人生轮下转动的小生命，也觉还是那一套把戏的重映演。

八年了，我仔细回忆觉我自己是庸凡地度过去了，生命的痕迹

第三章
幸好思念无声，否则震耳欲聋

和历程也只是些琐碎的儿女事。我想找一两件能超出平凡可以记述的事，简直没有！我悔恨自己是这样不长进，多少愿望都被命运的铁锤粉碎，如今扎挣着的只是这已投身到悲苦中奢望做一个悲剧人物的残骸。假使我还能有十年的生命，我愿这十年中完成我的素志，做一个悲剧的主人，在这灰黯而缺乏生命火焰的人间，放射一道惨白的异彩！

我是家庭社会中的闲散人，我肩上负荷的，除了因神经软弱受不住人世的各种践踏欺凌讪讽嘲笑，而感到悲苦外，只是我自己生命的营养和保护。所以我无所谓年关的，在这啼饥号寒的冬夜，腊尽岁残的除夕，可以骄傲人了；因为我能在昏黯的电灯下，温暖的红炉畔，慢慢地回忆过去，仔细听窗外天空中声调不同的爆竹，从这些声音中，我又幻想着一个一个爆竹爆发和陨落的命运，你想，这是何等闲散的兴致？在这除夕之夜不必到会计室门前等着领欠薪，不必在冰天雪地中挟着东西进当铺，不必向亲戚朋友左右张罗，不必愁明天酒肉饭食的有无，这样我应该很欣慰地送旧迎新。然而爆竹声中的心情，似乎又不是那样简单而闲逸，我不知怎样形容，只感到无名的怅惘和辛酸！为了这一声声间断连续的炮竹声，扰乱了我宁静的心潮，那纤细的波浪，一直由官感到了我的灵魂深处，颤动的心弦不知如何理，如何弹？

我用一生和你告别，
你用一生和我说路上小心

我想到母亲。

母亲这时候是咽着泪站在神龛前的，她口中呢喃祷告些什么，是替天涯的女儿在祝福吧？是盼望暑假快临她早日归来吧？只有神知道她心深处的悲哀，只有神龛前的红烛，伴着她在落泪！在这一夜，她一定要比平常要想念我，母亲！我不能安慰你在家的孤寂，你不能安慰我漂泊的苦痛，这一线爱牵系着两地相思，我恨人间为何有别离？而我们的隔离又像银河畔的双星，一年一度重相会，暑假一月的团聚恍如天上七夕。母亲，岁去了，你鬓边银丝一定更多了，你思儿的泪，在这八年中或者也枯干了，母亲，我是知道的，你对于我的爱。我虽远离开你，在团圆家筵上少了我；然而我在异乡团贺的筵上，咽着泪高执着酒杯替别人祝福时，母亲，你是在我的心上。

母亲！想起来为什么我离开你，只为了，我想吃一碗用自己心血苦力挣来的饭。仅仅这点小愿望，才把我由你温暖的怀中劫夺出，做这天涯寄迹的旅客，年年除夕之夜，我第一怀念的便是你，我只能由重压的，崎岖的扎挣中，在远方祝福你！

想到母亲，我又想到银须飘拂七十岁的老父，他不仅是我慈爱的父亲，并且是我生平最感戴的知己；我奔波尘海十数年，知道

第三章
幸好思念无声，否则震耳欲聋

我，认识我，原谅我，了解我的除了父亲外再无一人。他老了，我和璜哥各奔前程，都不能常在他膝前承欢；中原多事，南北征战，反令他脑海中挂念着两头的儿女，惊魂难定！我除了努力做一个父亲所希望所喜欢的女儿外，我真不知怎样安慰他报答他，人生并不仅为了衣食生存？然而，不幸多少幸福快乐都为了衣食生存而捐弃；岂仅是我，这爆竹声中伤离怀故的自然更有人在。

我想倦了娘子关里的双亲时，又想到漂流在海上的晶清，这夜里她驻足在哪里？只有天知道。她是在海上，是在海底，是在天之涯，是在地之角，也只有天知道。她这次南下的命运是凄悲，是欢欣，是顺利，是艰险，也只有天知道。我只在这爆竹声中，静静地求上帝赐给她力量，令她一直扎挣着，扎挣着到一个不能扎挣的时候。还说什么呢！一切都在毁灭捐弃之中，人世既然是这样变得好玩，也只好睁着眼挺着腰一直向前去，到底看看最后的究竟是什么？一切的箭镞都承受，一切的苦恼都咽下，倒了，起来！倒了，起来！一直到血冷休僵不能扎挣为止。

走向前便向前走吧！前边不一定有桃红色的希望；然而人生只是走向前，虽崎岖荆棘明知险途，也只好走向前。渺茫的前途，归宿何处？这岂是我们所知道，也只好付之命运去主持。人生唯其善

我用一生和你告别，
你用一生和我说路上小心

变，才有这离合悲欢，因之"生"才有意义，有兴趣；我祷告晶清在海上，落日红霞，冷月夜深时，进步觉悟了幻梦无凭，而另画一条战斗的阵线，奋发她厮杀的勇气！

我盼望她在今夜，把过去一切的梦都埋葬了，或者在爆竹声中毁灭焚碎不再遗存；从此用她的聪明才能，发挥到她愿意做的事业上，哪能说她不是我们的英雄？！悲愁乞怜，呻吟求情，岂是我们知识阶级的女子所应为？我们只有焚毁着自己的身体，当后来者光明的火炬！如有一星火花能照耀一块天地时，我们也应努力去工作去寻觅！

黄昏时，我曾打开晶清留给我的小书箱，那一只箱子上剥蚀破碎的痕迹，和她心一样。我检点时忽然一阵心酸，禁不住的热泪滴在她的旧书上。我呆立在火炉畔，望着灰烬想到绿屋中那夜检收书箱时的她，其惨淡伤心，怕比我对着这寂寞的书箱落泪还要深刻吧！一直搁在我房里四五天了，我都不愿打开它，有时看见总觉刺心，拿到别的房里去我又不忍离它。晶清如果知道它们这样令我难处置时，她一定不愿给我了。

我看见时总想：这只破箱，剥蚀腐毁得和她心一样。

在一个梦的惊醒后，我和她分手了；今夜，这爆竹声中，她在哪里呢？命运真残酷，连我们牵携的弱腕，他都要强行分散，我只

第三章
幸好思念无声，否则震耳欲聋

盼望我们的手在梦中还是牵携着。

夜已深了，爆竹声还不止。不宁静的心境和爆竹一样飞起又落下，爆裂成一片一节僵卧在地上。

我用一生和你告别，
　你用一生和我说路上小心

父与羊 / 李广田

父亲是一个很和善的人。爱诗，爱花，他更爱酒。住在一个小小的花园中——所谓花园却也长了不少的青菜和野草。他娱乐他自己，在寂寞里，在幽静里，在独往独来里。

一个夏日的午后，父亲又喝醉了。他醉了时，我们都不敢近前，因为他这时是颇不和善的。他歪歪斜斜地走出了花园，一手拿着一本旧书，我认得那是陶渊明诗集，另一只手里却拖了长烟斗。嘴里不知说些什么，走向旷野去了。这时恰被我瞧见，我就躲开，跑到家里去告诉母亲。母亲很担心地低声说："去，绕道去找他，躲在一边看，看他干什么？"我蹑手蹑脚地也走向旷野去。出得门来便是一片青丛。我就在青丛里潜行，这使我想起藏在高粱地里偷桃或偷瓜的故事。我知道父亲是要到什么地方去的，因为他从

第三章
幸好思念无声，否则震耳欲聋

前常到那儿，那是离村子不远的一棵大树之下。树是柳树，密密地搭着青凉篷，父亲大概是要到那儿去乘凉的。我已经看见那树了。我已走近那树下了，却不见父亲的影，这使我非常焦心。因为在青丛里热得闷人，太阳是很毒的，又不透一丝风。我等着，等着，终于看见他来了，嘴里像说着什么，于是我后退几步。若被他看见了，那才没趣。

我觉得有这样一个父亲倒很可乐的，虽然他醉了时也有几分可怕，他先是把鞋脱下，脚是赤着的，就毫无顾忌地坐在树下。那树下的沙是白的，细得像面粉一样，而且一定是凉凉的，我想，坐在那里该很快乐，如果躺下来睡一会，该更舒服。

自然，那长烟斗是早已点着了，喷云吐雾的，他倒颇有些悠然的兴致。书在手里，乱翻了一阵，又放下。终于又拿起来念了，声音是听不清的，而喁喁地念着却是事实。等会，又把书放下；长烟斗已不冒烟了，就用它在细沙上画、画、画，画了多时，人家说我父亲也能作诗，我想，这也许就是在沙上写他的诗了。但不幸得很，写了半天的，一阵不高兴，就用两只大脚板儿把它抹净，要不然的话，我可以等他去后来发现一些奇迹，我已经热得满头是汗了，恨不得快到井上灌一肚子凉水。正焦急呢，父亲带着不耐烦的神气起来了，什么东西也不曾丢下，而且还粘走了一身沙土。我潜

我用一生和你告别，
你用一生和我说路上小心

随在后边，方向是回向花园去。

父亲跟跟跄跄地走进花园，我紧走几步要跑回家去，自然是要向母亲面前去复命。刚进大门，正喊了一声"娘"，糟了，花园里出了乱子，父亲在那里吵闹呢。"好畜牲，好大胆的羔子！该死的，该宰的！"父亲这样怒喊，同时又听到扑击声，又间杂着小羊的哀叫声。我马上又跑了出去，母亲也跑出来了，家里人都跟了出来，一齐跑向花园去。邻居们也都来了，都带着仓皇的面色。我们这村子总共不过十几户人家，这时候所有的人，差不多都聚拢来了。我很担心，唯恐他们疑惑是我们家里闹事，更怕他们疑惑是父亲打了母亲，因为父亲醉了时曾经这样闹过。门口颇形拥挤了，大家都目瞪口呆，有些人在说在笑。父亲已躲到屋里去休息，他一定是十分疲乏了。花园里弄得天翻地覆，篱笆倒了，芸豆花洒了满地，荷花撕得粉碎，几条红鱼在淤泥里摆尾，真个落红遍地，青翠缤纷，花呀，菜呀，都踏成一片绿锦。陶渊明诗集，长的烟斗，都睡在道旁。在墙角落里，躺着一只被打死了的小羊，旁边放着一条木棒，那是篱笆上的柱子。大家都不敢到父亲屋里去，有的说，"羊羔儿踢了花呀"。有的说，"醉了"。又有人说，"他老先生又发疯啦"。其中有一个衣服褴褛的邻人，他大概刚才跑来吧，气喘喘地，走到死羊近前，看了一下，说："天哪！这不是俺那只可

第三章
幸好思念无声，否则震耳欲聋

怜的小羊吗！"原来父亲出去时，不曾把园门闭起；不料那只小羊游荡进来，以至于丧了生命。我觉得恐怖而悲哀。

明晨，父亲已完全清醒了，对于昨天的事，他十分抱愧。他很想再看看那只被打死的小羊，但那可怜的邻人已于昨夜把它埋葬了。父亲吸着他的长烟斗，沉重地长叹一口气，"我要赔偿那位邻人的损失"。虽然那位邻人不肯接受我们的赔偿，但父亲终于实践了前言。然后，他又亲手整理他的花园——这工作他不喜人帮助——就好像不曾发生过什么事一样的坦然。多少平和的日子或霖雨的日子过了，父亲的花园又灿烂如初。

直到现在，父亲依然住在那花园里，而且依然过着那样的生活：快乐、闲静，有如一个隐士。但人是有点衰老了，有些事，便不能不需要别人的扶助。

我用一生和你告别，
你用一生和我说路上小心

旧宅 / 穆时英

谕南儿知悉：我家旧宅已为俞老伯购入，本星期六为其进屋吉期，届时可请假返家，同往祝贺。切切。

父字十六日

读完了信，又想起了我家的旧宅，便默默地抽一支淡味的烟，在一种轻淡的愁思里边，把那些褪了色的记忆的碎片，一片片地捡了起来。

旧宅是一座轩朗的屋子，我知道这里边有多少房间，每间房间有多少门、多少灯，我知道每间房间墙壁上油漆的颜色、窗纱的颜色，我知道每间房间里有多少钉——父亲房间里有五枚，我的房间有三枚。本来我的房间里是一枚也没有的，那天在父亲房间里一数

第三章
幸好思念无声，否则震耳欲聋

有五枚钉，心里气不过，拿了钉去敲在床前地板上，刚敲到第四枚，给父亲听见了，跑上来打了我十下手心，吩咐下次不准，就是那么琐碎的细事也还记得很清楚。

还记得园子里有八棵玫瑰树，两棵菩提树，还记得卧室窗前有一条电线，每天早上醒来，电线上总站满了麻雀，冲着太阳歌颂着新的日子，还记得每天黄昏时，那叫做根才的老园丁总坐在他的小房子里吹笛子，他是永远戴着顶帽结子往下陷着点儿的、肮脏的瓜皮帽的。还记得暮春的下午，时常坐在窗前，瞧屋子外面那条僻静的路上，听屋旁的田野里杜鹃的双重的啼声。

那时候我有一颗清静的心，一间清净的、奶黄色的小房间。我的小房间在三楼，窗纱上永远有着电线的影子。白鸽的影子，推开窗来，就可以看到青天里一点点的、可爱的白斑痕，便悄悄地在白鸽的铃声里怀念着人鱼公主的寂寞，小铅兵的命运。

每天早上一早就醒来了，屋子里静悄悄的没一点人声，只有风轻轻地在窗外吹着，像吹上每一片树叶似的。躺在床上，把枕头底下的《共和国民教科书》第五册掏出来，低低地读十遍，背两遍，才爬下床来，赤脚穿了鞋子走到楼下，把老妈子拉起来叫给穿衣服，洗脸。有时候，走到二层楼，恰巧父亲们打了一晚上牌，还没睡，正在那儿吃点心，便给妈赶回来，叫闭着眼睡在床上，说孩

我用一生和你告别，
你用一生和我说路上小心

子们不准那么早起来。睡着睡着，挨了半天，实在挨不下去了，再爬起来，偷偷地掩下去，到二层楼一拐弯，就放大了胆达达地跑下去：

"喝，小坏蛋，又逃下来了！"妈赶出来，一把抓回去，打了几下手心才给穿衣服。

跟着妈走到下面，父亲就抓住了给洗脸，闹得一鼻子一耳朵的胰子沫，也不给擦干净。拿手指挖着鼻子孔，望着父亲不敢说话。大家全望着笑。心里气，又不敢怎么着，把胰子沫全抹在妈身上，妈笑着骂，重新给洗脸，叫吃牛奶。吃了牛奶，抹抹嘴，马上就背了书包上学校；妈总说：

"傻子，又那么早上学校去了，还只七点半呢。"

晚上放学回去，总是一屋子的客人，烟酒，和谈笑。父亲总叼着雪茄坐在那儿听话匣子里的"洋人大笑"，听到末了，把雪茄也听掉了，腰也笑弯了，一屋子的客人便也跟着笑弯了腰。父亲爱喝白兰地，上我家来的客人也全爱喝白兰地；父亲爱上电影院，上我家来的客也全爱上电影院；父亲信八字，大家就全会看八字。他们会从我的八字里边看出总统命来。

"世兄将来真是了不得的人物！我八字看多了，就没看见过那么大红大紫的好八字。"

第三章
幸好思念无声，否则震耳欲聋

父亲笑着摸我的脑袋，不说话；他是在我身上做着黄金色的梦呢。每天晚上，家里要是没有客人，他就叫我坐在他旁边读书，他闭着眼，抽着烟，听着我。他脸上得意的笑劲儿叫我高兴得一遍读得比一遍响。读了四五遍，妈就赶着叫我回去睡觉。她是把我的健康看得比总统命还要重些的。妈喜欢打牌，不十分管我，要父亲也别太管紧了我，老跟父亲那么说：

"小孩子别太管严了，身体要紧，读书的日子多着呢！"

父亲总笑着说："管孩子是做父亲的事情，打牌才是你的本分。"

真的，妈的手指是为了骨牌生的，这么一来，父亲的客人就全有了爱打牌的太太。我上学校去的时候，她们还在桌子上做中发白的三元梦；放学回来，又瞧见她们精神抖擞地在那儿和双翻了。走到妈的房间里边，赶着梳了辫子的叫声姑姑，见梳了头的叫声丈母；那时候差不多每一个女客人都是我的丈母，这个丈母搂着我心肝、乖孩子的喊一阵子，那个丈母跟我亲亲热热地说一回话，好容易才挣了出来，到祖母房间里去吃莲心粥。是冬天，祖母便端了张小椅了放在壁炉前面，叫我坐着烤火，慢慢儿地吃莲心粥。天慢慢儿地暗下来，炉子里的火越来越红了，我有了一张红脸，祖母也有了一张红脸，坐在黑儿里这喃喃地念佛，也不上灯。看看地上的大黑影子，再看看炉子里烘烘地烧着的红火，在心里边商量着是如来

佛大,还是玉皇大帝大;就问祖母:

"奶奶,如来佛跟玉皇大帝谁的法力大?"

祖母笑说:"傻子,罪过。"

便不再作声,把地上躺着的白猫抱上,叫睡在膝盖儿上不准动,猫肚子里打着咕噜,那只大钟在后边儿嗒嗒地走,我静静儿地坐着,和一颗平静空寂的心脏一同地。

是夏天,祖母便捉住我洗了个澡,扑得我一脸一脖子的爽身粉,拿着莲心粥坐到园子里的菩提树下,缓缓地挥着扇子。躺在藤椅上,抬起脑袋来瞧乌鸦成堆地打紫霞府下飞过去。那么寂静的夏天的黄昏,藤椅的清凉味,老园丁的幽远的笛声,是怎么也不会忘了的。

一颗颗的星星,夜空的眼珠子似的睁了满天都是,祖母便教我数星:

"牛郎星,织女星,天上有七十六颗扫帚星,八十八颗救命星,九十九颗白虎星,……"

数着数着便睡熟在藤椅里了,醒来时却睡在祖母床上,祖母坐在旁边,拿扇子给我赶蚊子,手里拿着串佛珠,打翻了一碗豆似的,窸窸地念着心经。我一动,她就按着我叫慢着起来说:

"刚醒来,魂灵还没进窍呢。"

第三章
幸好思念无声,否则震耳欲聋

便静静地躺在床上。

那只大灯拉得低低的压在桌子上面,灯罩那儿还扎了条大手帕,不让光照到我脸上。桌子上面放了一脸盆水。数不清的青色的小虫绕着电灯飞,飞着飞着就掉到水里边。那些青色的小虫都是我的老朋友,我天天瞧它们绕着灯尽飞,瞧它们糊糊涂涂地掉到水里边。祖母房间里的东西全是我的老朋友,到现在我还记得它们的脸、它们的姿态的:床上的那只铜脚炉生了一脸的大麻子,做人顶诚恳,跟你讲话就像要把心掏出来你看似的;挂在窗前的那柄纱团扇有着轻佻的身子;那些红木的大椅子、大桌子、大箱大柜全生得方头大耳,挺福相的。

躺到七点钟模样,才爬起来,到楼上和妈一同吃饭,每天晚餐里总有火腿汤的。因为我顶爱喝火腿汤,吃了饭,就独自个儿躲在房间里,关上了房门,爬在桌子底下,把一些家私掏出来玩着。我有一只小铁箱,里边放了一颗水晶弹子、一张画片、一只很小的金元宝、一块金锁片、一只水钻的铜戒指、一把小手枪、一枚针——那枚针是我的奶妈的,她死的时候,我便把她扎鞋帮的针偷了来,桌子底下的墙上有一个洞,我的小铁箱就藏在这里边,外面还巧妙地按了层硬纸,不让人家瞧见里边的东西。

抓抓这个,拿拿那个,过了一回,玩倦了,就坐在桌子底下喊

老妈子。老妈子走了进来,一面咕噜着:

"这么大的孩子,还要人家给脱衣服。"一面把我按在床上,狠狠地给脱了袜子、鞋子,放下了帐子,把床前的绿纱灯开了,就走了。

躺着瞧那绿纱里的一朵安静的幽光,朦胧地想着些夏夜的花园、笛声、流水、月亮、青色的小虫,又朦胧地做起梦来。

礼拜六,礼拜天,和一些放假的日子也待在家里,那些悠长的、安逸的下午,我总坐在园子里,和老园丁、和祖母一同地听他们讲一些发了霉的故事、笑话。除了上学校,新年里上亲戚家里拜年,是不准走到这屋子外面去的。我的宇宙就是这座屋子,这座屋子就是我的宇宙,就为了父亲在我身上做着黄金色的梦:

"这孩子,我就是穷到没饭吃,也得饿着肚子让他读书的。"那么地说着,把我当了光宗耀祖的千里驹,一面在嘴犄角儿那儿浮上了得意的笑。父亲是永远笑着的,可是在他的笑脸上有着一对沉思的眼珠子。他是个刚愎,精明,会用心计,又有自信力的人。那么强的自信力!他所说的话从没一句错的,他做的事从没一件错的。时常做着些优美的梦,可是从不相信他的梦只是梦;在他前半世,他没受过挫折,永远生存在泰然的心境里,他是愉快的。

母亲是带着很浓厚的浪漫谛克的气氛的,还有些神经质。她有

第三章
幸好思念无声，否则震耳欲聋

着微妙敏锐的感觉，会听到人家听不到的声音，看到人家看不到的形影。她有着她自己的世界，没有第二个人能跑进去的世界，可是她的世界是由舒适的物质环境来维持着的，她也是个愉快的人。

祖母也是个愉快的人，我就在那些愉快的人，愉快的笑声里边长大起来。在十六岁以前，我从不知道人生的苦味。

就在十六岁那一年，有一天，父亲一晚上没回来。第二天，放学回去，屋子里静悄悄的没一点牌声、谈笑声，没一个客人，下人们全有着张发愁的脸。父亲独自个儿坐在客厅里边，狠狠地抽着烟，脸上的笑劲儿也没了，两圈黑眼皮，眼珠子深深地陷在眼眶里边。只一晚上，他就老了十年，瘦了一半。他不像是我的父亲；父亲是有着愉快的笑脸，沉思的眼珠子，蕴藏着刚毅坚强的自信力的嘴的。他只是一个颓丧，失望的陌生人。他的眼珠子里边没有光，没有愉快，没有忧虑，什么都没有，只有着白茫茫的空虚。走到祖母房里，祖母正闭着眼在那儿念经，瞧我进去，便拉着我的手，道：

"菩萨保佑我们吧！我们家三代以来没做过坏事呀！"

到母亲那儿去，母亲却躺在床上哭。叫我坐在她旁边，唠唠叨叨地，跟我诉说着：

"我们家毁了！完了，什么都完了！以后也没钱给你念书了！

全怪你爹做人太好，太相信人家，现在可给人家卖了！"

我却什么也不愁，只愁以后不能读书；眼前只是漆黑的一片，也想不起以后的日子是什么颜色。

接着两晚上，父亲坐在客厅里，不睡觉也不吃饭，也不说话，尽抽烟，谁也不敢去跟他说一声话；妈躺在床上，肿着眼皮病倒了。一屋子的人全悄悄的不敢咳嗽，踮着脚走路，凑到人家耳朵旁边低声地说着话。第三天晚上，祖母哆嗦着两条细腿，叫我扶着摸到客厅里，喊着父亲的名字说：

"钱去了还会回来的，别把身体糟坏了。再说，英儿今年也十六岁了，就是倒了霉，再过几年，小的也出世了，我们家总不愁饿死。我们家三代没做过坏事啊！"

父亲叹了口气，两滴眼泪，蜗牛似的，缓慢地、沉重地从他眼珠子里挂下来，流过腮帮儿，笃笃地掉到地毯上面。我可以听到它的声音，两块千斤石跌在地上似的，整个屋子，我的整个的灵魂全振动了。过了一回，他才开口道：

"想不到的！我生平没伤过阴，我也做过许多慈善事业，老天对我为什么那么残酷呢！早几天，还是一屋子的客人，一倒霉，就一个也不来了。就是来慰问慰问我，也不会沾了晦气去的。"

又深深地叹息了一下。

第三章
幸好思念无声，否则震耳欲聋

"世界本来是那么的。色即是空，空即是色——菩萨保佑我们吧！"

"真的有菩萨吗？嘻！"冷笑了一下。

"胡说！孩子不懂事。"祖母念了声佛，接下去道，"还是去躺一回吧。"

八十多岁的老母亲把五十多岁的儿子拉着去睡在床上，不准起来，就像母亲把我按在床上，叫闭着眼睡似的。

过了几天，我们搬家了。搬家的前一天晚上，我把桌子底下的那只小铁箱拿了出来，放了一张纸头在里边，上面写着"应少南之卧室，民国十六年五月八日"，去藏在我的秘密的墙洞里，找了块木片把洞口封住了；那时原怀了将来赚了钱把屋子买回来的心思的。

搬了家，爱喝白兰地的客人也不见了，爱上电影院的客人也不见了，跟着父亲笑弯了腰的客人也不见了，母亲没有了爱打牌的太太们，我没有了总统命，没有了丈母，没有奶黄色的小房间。

每天吃了晚饭，屋子里没有打牌的客人，没有谈笑的客人，一家人便默默地怀念着那座旧宅，因为这里边埋葬了我的童年的愉快，母亲的大三元，祖母的香堂，和父亲的笑脸。只有一件东西父亲没忘了从旧宅里搬出来，那便是他在我身上的金黄色的梦。抽了饭后的一支烟，便坐着细细地看我的文卷，教我学珠算，替我看临的《黄庭经》。时常说："书算是不能少的装饰品，年纪轻的时候，非把这两件东西弄好不可的。"就是在书算上面，我使他失望了。临了一年多《黄庭经》，写的字还像爬在纸上的蚯蚓，珠算是稍为复杂一点的数目便会把个十百的位置弄错了的。因为我的书算能力的低劣，对我的总统命也怀疑起来。每一次看了我的七歪八倒的字和莫名其妙的得数，一层铅似的忧郁就浮到他脸上。望着我，尽望着我；望了半天，便叹了口气，倒在沙发里边，揪着头发：

"好日子恐怕不会再回来了！"

我不敢看他的眼珠子，我知道他的眼珠子里边是一片空白，叫我难受得发抖的空白。

那年冬天，祖母到了她老死的年龄，在一个清寒的十一月的深夜，她闭上了眼睑。她死得很安静，没喘气，也没捏拗，一个睡熟了的老年人似的。她最后的一句话是对父亲说的：

"耐着心等吧，什么都是命，老天会保佑我们的。"

父亲没说话，也没淌眼泪，只默默地瞧着她。

第二年春天，父亲眼珠子里的忧郁淡下去了，暖暖的春意好像把他的自信力又带了回来，脸上又有了愉快的笑劲儿。那时候我已

第三章
幸好思念无声，否则震耳欲聋

经住在学校里，每星期六回来总可以看到一些温和的脸，吃一顿快乐的晚饭，虽说没有客人，没有骨牌，没有白兰地，我们也是一样地装满了一屋子笑声。因为父亲正在拉股子，预备组织一个公司。他不在家的时候，母亲总和我对坐着，一对天真的孩子似的说着发财以后的话：

"发了财，我们先得把旧宅赎回来。"

"我不愿意再住那间奶黄色的小房间了，我要住大一点的。我已经是一个大人咧。"

"快去骗个老婆回来！娶了妻子才让你换间大屋子。"

"这辈子不娶妻子了。"

"胡说，不娶妻子，生了你干吗？本来是要你传宗接代的。"

"可是我的丈母现在全没了。"

"我们发了财，她们又会来的。"

"就是娶妻，我也不愿意请从前上我们家来的客人。"

"那些势利的混蛋，你瞧，他们一个也不来了。"

"我们住在旧宅里的时候，不是天天来的吗？"

"我们住在旧宅里的时候，天天有客人来打牌的。"

"旧宅啊！"

"旧宅啊！"

我用一生和你告别，
你用一生和我说路上小心

母亲便睁着幻想的眼珠子望着前面，望着我望不到的东西，望着辽远的旧宅。

"总有一天会把旧宅赎回来的。"

在空旷的憧憬里边，我们过了半个月活泼快乐的日子；我们扔了丑恶的现实，凝视着建筑在白日梦里的好日子。可是，有一天，就像我十六岁时那一天似的，八点钟模样，父亲回来了，和一双白茫茫的眼珠子一同地。没说话，怔着坐了一会儿，便去睡在床上。半晚上，我听到他女人似的哭起来。第二天，就病倒了。那年的暑假，我便在父亲的病榻旁度了过去。

"人真是卑鄙的动物啊！我们还住在旧宅里边时，每天总有两桌人吃饭，现在可有一个鬼来瞧瞧我们没有？我病到这步田地，他们何尝不知道！许多都是十多年的老朋友了，许多还是我一手提拔出来的，就是来瞧瞧我的病也不会损了他们什么的。人真是卑鄙的动物啊！我们还住在旧宅里边时，害了一点伤风咳嗽就这个给请大夫，那个给买药，忙得屁滚尿流——对待自己的父亲也不会那么孝顺的，我不过穷了一点，不能再天天请他们喝白兰地，看电影，坐汽车，借他们钱用罢咧，已经看见我的影子都怕了。要是想向他们借钱，真不知道要摆下怎样难看的脸子！往后的日子长着呢！……"喃喃地诉说着，末了便抽抽咽咽地哭了起来。

第三章
幸好思念无声，否则震耳欲聋

这不是病，这是一种抑郁；在一些抑郁的眼泪里边，父亲一天天地憔悴了。

在床上躺了半年，病才慢慢儿的好起来，害了病以后的父亲有了颓唐的眼珠子，蹒跚的姿态，每天总是沉思地坐在沙发里咳嗽着，看着新闻报木埠附刊，静静地听年华的登音枯叶似的飘过去。他是在等着我，等我把那座旧宅买回来。是的，他是在耐着心等，等那悠长的四个大学里的学年。可是，在这么个连做走狗的机会都不容易抢到的社会里边，有什么法子能安慰父亲颓唐的暮年呢？

我的骨骼一年年地坚实起来，父亲的骨骼一年年地脆弱下去。到了我每天非刮胡髭不可的今年，每天早上拿到剃刀，想起连刮胡髭的兴致和腕力都没有了的父亲，我是觉得每一根胡髭全是生硬地从自己的心脏上面刮下来的。时常好几个礼拜不回去；我怕，我怕他的眼光。他的眼光在——

"喝吧，吃吧，我的血，我的肉啊！"那么地说着。

我是在喝着他的血，吃着他的肉；在他的血肉里边，我加速度地长大起来，他加速度地老了。他的衰颓的咳嗽声老在我耳朵旁边响着，每一口痰都吐在我心脏上面。逃也逃不掉的，随便跑到哪儿，他总在我耳朵旁边咳嗽着，他的抑郁的眼珠子总望着我。

我用一生和你告别，
你用一生和我说路上小心

到了星期六，同学们高高兴兴地回家去，我总孤独地待在学校里。下午，便独自个儿坐在窗前，望着寂寞的校园，暗暗地：

"要是在旧宅里的时候，每星期回去可以找到一个愉快的父亲的。"怀念着失去了的旧宅里的童年。"父亲也在怀念着吧？怀念一个旧日的恋人似的怀念着吧！"

六年不见了的旧宅也该比从前苍老得多了。真想再到这屋子里边去看一次，瞧瞧我的老友们，那间奶黄色的小房间，床根那儿的三枚钉，桌子底下墙洞里的小铁箱。接到父亲的信的那星期六下午——是一个晴朗的五月的下午，淡黄的太阳光照得人满心欢喜，父亲的脸色也明朗得多——和父亲一同地去看我们的旧宅，去祝贺俞老伯的进屋吉期。

那条街比从前热闹得多了，我们的屋子的四面也有了许多法国风的建筑物，街旁也有了几家铺子，只是我们的屋子的右边，还是一大片田野，中间那座倾斜的平房还站在那儿，就在腰上多加了一条撑木，粉墙更黝黑了一点。旧宅也苍老了许多，爬在墙上的紫藤已经有了昏花的眼光，那间奶黄的小房间的窗关着，太阳光照在上面，看不出里边窗纱的颜色，外面的百叶窗长了一脸皱纹，伸到围墙外面来的菩提树有了婆娑的姿态。

我们到得很早，客厅里只三个客人，客厅里的陈设和从前差不

第三章
幸好思念无声，否则震耳欲聋

多，就多了只十二灯的落地无线电收音机。俞老伯不认识我了，从前他是时常到我家来的，搬了家以后，只每年新年里边来一次，今年却连拜年也没来。他见了我，向父亲说：

"就是少南吗？这么大了！"

"日子真容易过，在这儿爬着学走路还像是昨天的事，一转眼已经二十多年了。"

"可不是吗，那时候我们年纪轻，差不多天天在这屋子里打牌打一通夜，现在兴致也没了，精力也没了。"

"搬出了这屋子以后的六年，我真老得厉害啊！"父亲叹息了一下，望着窗外的园子不再做声。

俞老伯便回过身来问我在哪儿念书，念的什么科，多咱能毕业，听我说念的文科，他就劝我改理科，说了一大篇中国缺少科学人才的话。

坐了一回，客人越来越多了，他们谈着笑着。俞老伯说过几天公债一定还要跌，他们也说公债还要跌；俞老伯说东，他们连忙说东；说西，也连忙说西。父亲只默默地坐着，他在想六年前的"洋人大笑"；想那些跟着他爱喝白兰地的客人，跟着他爱上电影院的客人；想他的雪茄；想他的沙发。

"去瞧瞧你的屋子。"父亲站了起来，又对我说，"跟我去瞧瞧吧，六年没来了。"

"你们爷儿俩自己去吧，我也不奉陪了，反正你们是熟路。"俞老伯说。

"对了，我们是熟路。"一层青色的忧郁从父亲的明朗的脸色上面掠了过去。

我跟在他后面，走到客厅后边楼梯那儿。在楼梯拐弯那儿，父亲忽然回过身子来：

"你知道这楼梯一共有几级？"

"五十二级。"

"你倒还记得，这楼梯得拐三个弯，每一个拐弯有十四级。造这屋子是我自己打的图样，所以别的事情不大记得清楚，这屋子里有几粒灰尘我也记得起来的。每一级有两英尺阔，十英寸高，八英尺长，你量一下，一分不会错的。"

说着说着到了楼上，父亲本能地往他房里走去。墙上本来是漆的淡绿色的漆，现在改漆了浅灰的。瞎子似的，他把手摸索着墙壁，艰苦地、一步步地挨进去。他的手哆嗦着，嘴也哆嗦着，低得听不见的话从他的牙齿里边漏出来：

"我们的床是放在那边窗前的，床旁边有一只小几，几上放着只烟灰盘，每晚上总躺在床上抽支烟的。几上还有盏绿纱罩着的

第三章
幸好思念无声，否则震耳欲聋

灯——还在啊，可是换了红纱罩了。"

走到灯那儿，轻轻地摸着那盏灯，像摸一个儿子的脑袋似的。

"他们为什么不把床放在这儿呢？"看看天花板，又仔细地看每一块地板，"现在全装了暗线了，地板倒还没有坏，这是柚木镶的，不会坏的，我知道，我知道得很清楚，因为这屋子是我造的，这房间里我睡过十八年，是的，我睡过十八年，十八年，十八年……"

隔壁房间里正在打牌，那间房子本来是母亲的客厅和牌室，大概现在也就是俞太太的客厅和牌室了吧，一些女人的笑声和孩子们的声音很清晰地传到这边来，就像六年前似的。

"再到别的房间去瞧瞧吧。"父亲像稍为平静了些，只是嘴唇还哆嗦着。

走过俞太太的客厅的时候，只见挤满了一屋子的、年轻的、年老的太太们。

"六年前，这些人全是我的丈母呢！"那么地想着。

父亲和俞太太招呼了一下："来瞧瞧你们的新房了。"也不跑进去，直往顶东面从前祖母的房间里走去。像是他们的小姐的闺房，或是他们的少爷的新房，一房间的立体儿的衣橱、椅子、梳妆台，那四只流线式的小沙发瞧过去，视线会从那些飘荡的线条和平面上面滑过去似的。又矮又阔的床前放了双银绸的高跟儿拖鞋,再没有大麻子的铜脚炉了。祖母的红木的大箱大橱全没了!挂观音大士像的地方儿挂一张琼克劳福的十寸签名照片,放香炉的地方放着瓶玫瑰——再没有恬静的素香的烟盘绕着这古旧的房间!我想着祖母的念佛珠,没有门牙的嘴,莲心粥,清净空寂的黄昏。

"奶奶死了也快六年了!"

"上三层楼去瞧瞧吧?"

"去瞧瞧你的房间也好。"

我的房间一点没改动,墙上还是奶黄色的油漆,放一只小床、一辆小汽车,只是没挂窗纱,就和十年前躺在床上背《共和国民教科书》第五册时那么的。推开窗来,窗外的园子里那些小树全长大了,还是八棵玫瑰树,正开了一树的花,窗前那条电线上面,站满了麻雀,吱吱喳喳地闹。十年前的清净的心,清净的小房间啊!我跑到桌子底下想找那只小铁箱,可是那墙洞已经给砌没了。床根那儿的三枚钉却还在那儿,已经秃了脑袋,发着钝光。

"那三枚钉倒还在这儿!"看见六年不见的老友,高兴了起来。

父亲忽然急急地走了出去:"我们去吧。"头也不回地直走到下面,也没再走到客厅里去告辞,就跑了出去。到了外面,他的步伐又慢了起来,低着脑袋,失了知觉地走着。

第三章
幸好思念无声,否则震耳欲聋

已经是黄昏时候,人的轮廓有点模糊,我跟在父亲后边,也不敢问他可要雇车,正在为难,瞧见他往前一冲,要摔下去的模样,连忙抢上去扶住了他的胳膊。他站住了靠在我身上咳嗽起来,太阳穴那儿渗出来几滴冷汗。咳了好一会才停住了,闭上了眼珠子微微地喘着气,鼻子孔里慢慢儿地挂下一条鼻涎子来。

"爹爹,我们叫辆汽车吧?"我凑到他耳朵旁边低声地说——天哪,我第一次瞧见他的鬓发真的已经斑白了。

他不说话,鼻涎子尽挂下来,挂到嘴唇上面也没觉得。

我掏出手帕来,替他抹掉了鼻涎,扶着他慢慢儿地走去。

我用一生和你告别,
你用一生和我说路上小心

归来 / 石评梅

四围山色中,一鞭残照里,我骑着驴儿归来了。

过了南天门的长山坡,远远望见翠绿丛中一带红墙,那就是孔子庙前我的家了,心中说不出是什么滋味,这又是一度浩劫后的重生呢;依稀在草香中我嗅着了血腥;在新冢里看见了战骨。我的家,真能如他们信中所说的那样平安吗?我有点儿不相信。

抬头已到了城门口,在驴背上忽然听见有人唤我的乳名。这声音和树上的蝉鸣夹杂着,我不知是谁?回过头来问跟着我的小童:

"珑珑!听谁叫我呢!你跑到前边看看。"

接着又是一声,这次听清楚了是父亲的声音;不过我还不曾看见他到底是在哪里喊我,驴儿过了城洞,我望见一个新的炮垒,父亲穿着白的长袍,站在那土丘的高处,银须飘拂向我招手;我慌忙

第三章
幸好思念无声，否则震耳欲聋

由驴背上下来，跑到父亲面前站定，心中觉着凄梗万分，眼泪不知怎么那样快，我怕父亲看见难受，不敢抬起头来，也说不出什么话来。父亲用他的手抚摩着我的短发，心里感到异样的舒适与快愉。也许这是梦吧，上帝能给我们再见的机会。

沉默了一会，我才抬起头来，看父亲比别时老多了，面容还是那样慈祥，不过举动现得迟钝龙钟了。

我扶着他下了土坡，慢慢缘着柳林的大道，谈着路上的情形。我又问问家中长亲们的健康，有的死了，有的还健在，年年归来都是如此沧桑呢。珑珑赶着驴儿向前去了，我和父亲缓步在黄昏山色中。

过了孔庙的红墙，望见我骑的驴儿拴在老槐树上，昆林正在帮着珑珑拿东西呢！她见我来了，把东西扔了就跑过来，喊了一声"梅姑！"似乎有点害羞，马上低了头，我握着她手一端详：这孩子出脱得更好看了，一头如墨云似的头发，衬着她如雪的脸儿，睫毛下一双大眼睛澄碧灵活，更显得她聪慧过人。这年龄，这环境，完全是1年前我的幻影，不知怎样联想起自己的前尘，悄悄在心底叹了一口气。

进了大门，母亲和一个不认识的女人坐在葡萄架下，嫂嫂正在洗手。她们看见我都喜欢得很。母亲介绍我那个人，原来是新娶的

> 我用一生和你告别，
> 你用一生和我说路上小心

八婶。吃完饭，随便谈谈奉军春天攻破娘儿关的恐慌虚惊，母亲就让我上楼去休息。这几间楼房完全是我特备的，回来时母亲就收拾清楚，真是窗明几净，让我这匹跋涉千里疲惫万分的征马，在此卸鞍。走了时就封锁起来，她日夜望着它祷祝我平安归来。

每年走进这楼房时，纵然它是如何的风景依然，我总感到年年归来时的心情异昔。扶着石栏看紫光弥漫中的山城，天宁寺矗立的双塔，依稀望着我流浪的故人微笑！沐浴在这苍然暮色的天幕下时，一切扰攘奔波的梦都霍然醒了，忘掉我还是在这嚣杂的人寰。尤其令我感谢的是故乡能逃出野蛮万恶的奉军蹂躏，今日归来不仅天伦团聚而且家园依旧。

我看见一片翠挺披拂的玉米田，玉米田后是一畦畦的瓜田，瓜田尽头处是望不断的青山，青山的西面是烟火，人家，楼台城廓，背着一带黑森森的树林，树梢头飘游着逍遥的流云。静悄悄不见一点儿嘈杂的声音，只觉一阵阵凉风吹摩着鬓角衣袂，几只小鸟在白云下飞来飞去。

我羡慕流云的逍遥，我忌恨飞鸟的自由，宇宙是森罗万象的，但我的世界却是狭的笼呢！

追逐着，追逐着，我不能如愿满足的希望。来到这里又想那里，在那里又念着回到这里，我痛苦的，就是这不能宁静不能安定

第三章
幸好思念无声，否则震耳欲聋

的灵魂。

正凝想着，昆林抱着黑猫上来了。这是母亲派来今夜陪我的侣伴。

临睡时，天暮上只有几点半明半暗的小星星。我太疲倦了，这夜不曾失眠，也不曾做梦。

我用一生和你告别，
你用一生和我说路上小心

背影 / 朱自清

我与父亲不相见已二年余了，我最不能忘记的是他的背影。那年冬天，祖母死了，父亲的差使也交卸了，正是祸不单行的日子，我从北京到徐州，打算跟着父亲奔丧回家。到徐州见着父亲，看见满院狼藉的东西，又想起祖母，不禁簌簌地流下眼泪。父亲说："事已如此，不必难过，好在天无绝人之路！"

回家变卖典质，父亲还了亏空；又借钱办了丧事。这些日子，家中光景很是惨淡，一半为了丧事，一半为了父亲赋闲。丧事完毕，父亲要到南京谋事，我也要回北京念书，我们便同行。

到南京时，有朋友约去游逛，勾留了一日；第二日上午便须渡江到浦口，下午上车北去。父亲因为事忙，本已说定不送我，叫

第三章
幸好思念无声,否则震耳欲聋

旅馆里一个熟识的茶房陪我同去。他再三嘱咐茶房,甚是仔细。但他终于不放心,怕茶房不妥帖;颇踌躇了一会。其实我那年已二十岁,北京已来往过两三次,是没有什么要紧的了。他踌躇了一会,终于决定还是自己送我去。我两三回劝他不必去;他只说:"不要紧,他们去不好!"

我们过了江,进了车站。我买票,他忙着照看行李。行李太多了,得向脚夫行些小费,才可过去。他便又忙着和他们讲价钱。我那时真是聪明过分,总觉他说话不大漂亮,非自己插嘴不可。但他终于讲定了价钱,就送我上车。他给我拣定了靠车门的一张椅子;我将他给我做的紫毛大衣铺好座位。他嘱我路上小心,夜里要警醒些,不要受凉。又嘱托茶房好好照应我。我心里暗笑他的迂;他们只认得钱,托他们直是白托!而且我这样大年纪的人,难道还不能料理自己么?唉,我现在想想,那时真是太聪明了!

我说道:"爸爸,你走吧。"他望车外看了看,说:"我买几个橘子去。你就在此地,不要走动。"我看那边月台的栅栏外有几个卖东西的等着顾客。走到那边月台,须穿过铁道,须跳下去又爬上去。父亲是一个胖子,走过去自然要费事些。我本来要去的,他不肯，只好让他去。我看见他戴着黑布小帽，穿着黑布大马褂，深青布棉袍，蹒跚地走到铁道边，慢慢探身下去，尚不大难。可是他穿过铁道，要爬上那边月台，就不容易了。他用两手攀着上面，两脚再向上缩；他肥胖的身子向左微倾，显出努力的样子。这时我看见他的背影，我的泪很快地流下来了。我赶紧拭干了泪，怕他看见，也怕别人看见。我再向外看时，他已抱了朱红的橘子往回走了。过铁道时，他先将橘子散放在地上，自己慢慢爬下，再抱起橘子走。到这边时，我赶紧去搀他。他和我走到车上，将橘子一股脑儿放在我的皮大衣上。于是扑扑衣上的泥土，心里很轻松似的，过一会说："我走了，到那边来信！"我望着他走出去。他走了几步，回过头看见我，说："进去吧，里边没人。"等他的背影混入来来往往的人里，再找不着了，我便进来坐下，我的眼泪又来了。

　　近几年来，父亲和我都是东奔西走，家中光景是一日不如一日。他少年出外谋生，独力支持，做了许多大事。哪知老境却如此颓唐！他触目伤怀，自然情不能自已。情郁于中，自然要发之于外；家庭琐屑便往往触他之怒。他待我渐渐不同往日。但最近两年不见，他终于忘却我的不好，只是惦记着我，惦记着我的儿子。我

第三章
幸好思念无声,否则震耳欲聋

北来后,他写了一信给我,信中说道:"我身体平安,唯膀子疼痛厉害,举箸提笔,诸多不便,大约大去之期不远矣。"我读到此处,在晶莹的泪光中,又看见那肥胖的,青布棉袍,黑布马褂的背影。唉!我不知何时再能与他相见!